BESTSELLER

Cormac McCarthy (1933) nació en Rhode Island, Estados Unidos. Las circunstancias de su biografía se hallan envueltas en la leyenda: no concede entrevistas, se dice que vivió bajo una torre de perforación petrolífera y que en su juventud llevó la vida de un vagabundo. Considerado como uno de los más importantes escritores norteamericanos de la actualidad, la publicación en 1992 de *Todos los hermosos caballos*, ganadora del National Book Award, lo reveló como uno de los autores de mayor fuerza de la nueva narrativa norteamericana. Su éxito, de crítica y público, se vio incrementado con la publicación de *En la frontera* y *Ciudades de la llanura*, que completan la llamada *Trilogía de la frontera*. Otras de sus obras son *Hijo de Dios*, *Meridiano de sangre*, *El guardián del vergel* y *Suttree*.

CORMAC MCCARTHY

No es país para viejos

Traducción de
Luis Murillo

DEBOLSILLO

Título original: *No Country for Old Men*
Diseño de la portada: Departamento de diseño de Random House Mondadori
Fotografía de la portada: © Universal Pictures Spain

Primera edición en DeBOLS!LLO: enero, 2008

Printed in Spain – Impreso en España

ISBN: 978-84-8346-493-9
Depósito legal: B. 2.656-2008

Fotocomposición: Fotocomp/4, S. L.

Impreso en Litografía Rosés, S.A.
Progrés, 54-60. Gavà (Barcelona)

P 864939

El autor quisiera expresar su agradecimiento al Santa Fe Institute por sus cuatro años como residente y una prolongada colaboración. Quisiera asimismo dar las gracias a Amanda Urban.

1

Mandé a un chico a la cámara de gas en Huntsville. A uno nada más. Yo lo arresté y yo testifiqué. Fui a visitarlo dos o tres veces. Tres veces. La última fue el día de su ejecución. No tenía por qué ir, pero fui. Naturalmente, no quería ir. Había matado a una chica de catorce años y os puedo asegurar que yo no sentía grandes deseos de ir a verle y mucho menos de presenciar la ejecución, pero lo hice. La prensa decía que fue un crimen pasional y él me aseguró que no hubo ninguna pasión. Salía con aquella chica aunque era casi una niña. Él tenía diecinueve años. Y me explicó que hacía mucho tiempo que tenía pensado matar a alguien. Dijo que si le ponían en libertad lo volvería a hacer. Dijo que sabía que iría al infierno. De sus propios labios lo oí. No sé qué pensar de eso. La verdad es que no. Creía que nunca conocería a una persona así y eso me hizo pensar si el chico no sería una nueva clase de ser humano. Vi cómo lo ataban a la silla y cerraban la puerta. Puede que estuviera un poco nervioso pero nada más. Estoy convencido de que sabía que al cabo de quince minutos estaría en el infierno. No me cabe duda. Y he pensado mucho en ello. Era de trato fácil. Me llamaba «sheriff». Pero yo no sabía qué decirle. ¿Qué le dices a un hombre que reconoce no tener alma? ¿Qué sentido tiene decirle nada? Pensé mucho en ello. Pero él no era nada comparado con lo que estaba por venir.

Dicen que los ojos son el espejo del alma. No sé qué podían reflejar sus ojos y creo que prefiero no saberlo. Pero hay otra manera de ver el mundo y otros ojos con los que verlo, y a eso es a lo que voy. Esto me ha puesto en una situación a la que nunca pensé que llegaría.

En alguna parte hay un verdadero profeta viviente de la destrucción y no quiero enfrentarme a él. Sé que es real. He visto su obra. Una vez tuve esos ojos delante de mí. No pienso arriesgarme a plantarle cara. No es solo que me haya hecho viejo. Ojalá fuera eso. Tampoco puedo decir que se trate de lo que uno está dispuesto a hacer. Porque yo siempre supe que para hacer este trabajo tenías que estar dispuesto a morir. Así ha sido siempre. Tienes que estarlo aunque no sea motivo de ostentación. Si no, ellos lo saben. Lo notan enseguida. Creo que se trata más bien de lo que uno está dispuesto a ser. Y pienso que un hombre pondría en peligro su alma. Y eso no lo voy a hacer. Ahora creo que quizá no lo habría hecho nunca.

El ayudante dejó a Chigurh de pie en un rincón de la oficina con las manos esposadas a la espalda mientras él se sentaba en la butaca giratoria y se quitaba el sombrero y ponía los pies en alto y llamaba a Lamar por el móvil.

Acabo de entrar, sheriff. Llevaba encima una especie de cosa como las bombonas esas de oxígeno para el enfisema o como se llame. Llevaba también una manguera por dentro de la manga conectada a una de esas pistolas de aire comprimido que usan en los mataderos. Sí, señor. Eso es lo que parece. Podrá usted verlo cuando venga. Sí, señor. Lo tengo vigilado. Sí, señor.

Cuando se levantó de la butaca se sacó las llaves del cinturón y abrió el cajón del escritorio para coger las llaves de la celda. Estaba ligeramente encorvado cuando Chigurh se puso en cuclillas y pasó las manos esposadas por detrás hasta la parte posterior de sus rodillas. En el mismo movimiento se sentó y se meció hacia atrás y pasó la cadena bajo sus pies y luego se incorporó rápidamente y sin el menor esfuerzo. Si parecía algo que hubiera practicado muchas veces, lo era. Pasó las manos esposadas por encima de la cabeza del ayudante y dio un salto y descargó ambas rodillas sobre la nuca del ayudante y tiró de la cadena.

Cayeron al suelo. El ayudante trataba de meter las manos por dentro de la cadena pero no podía. Chigurh se quedó tumbado tirando de las esposas con las rodillas entre los brazos y la cara apartada. El ayudante se debatía como un loco y había empezado a desplazarse en círculo por el suelo, volcando la papelera, mandando la silla de una patada al otro lado de la habitación. Cerró la puerta de un puntapié y se enredó con la pequeña alfombra al girar. Sangraba por la boca y borboteaba. Se estaba ahogando con su propia sangre. Chigurh solo tiró con más fuerza. Las esposas niqueladas se le hincaban en la piel. La arteria carótida del ayudante reventó y un chorro de sangre salió disparado chocando contra la pared y resbalando por ella. Las piernas del ayudante se aflojaron hasta quedar quietas. Se convulsionó en el suelo. Luego dejó de moverse por completo. Chigurh siguió sujetándolo, su respiración acompasada. Cuando se levantó cogió las llaves que el ayudante llevaba en el cinto y se liberó y se metió el revólver del ayudante por la cintura del pantalón y entró en el cuarto de baño.

Se pasó agua fría por las muñecas hasta que dejaron de sangrar y arrancó con los dientes varias tiras de una toalla de manos y se vendó las muñecas y volvió al despacho. Se sentó encima de la mesa y se apretó los vendajes con cinta adhesiva, mirando detenidamente al hombre que yacía muerto en el suelo con los ojos abiertos. Cuando hubo terminado sacó la cartera que el ayudante llevaba en el bolsillo y cogió el dinero y se lo guardó en el bolsillo de la camisa y tiró la cartera al suelo. Luego agarró el depósito de aire y la pistola de aire comprimido y salió por la puerta y montó en el coche del ayudante y reculó para dar la vuelta y salió disparado.

En la interestatal divisó un turismo Ford último modelo ocupado únicamente por el conductor y encendió las luces y dio unos toques de sirena. El coche se arrimó al arcén. Chigurh se detuvo detrás y apagó el motor y se echó el depósito de aire al hombro y se apeó. El hombre lo estaba observando por el retrovisor.

¿Qué ocurre, agente?, dijo.

¿Quiere usted hacer el favor de bajarse del vehículo?

El hombre abrió la puerta y salió del coche. ¿De qué se trata?, dijo.

Apártese del vehículo, por favor.

El hombre obedeció. Chigurh distinguió la sombra del recelo en sus ojos ante aquel individuo manchado de sangre, pero ya era tarde. Puso la mano sobre la cabeza del hombre como un curandero. El silbido neumático y el clic del percutor sonaron como una puerta al cerrarse. El hombre cayó al suelo sin emitir sonido alguno. Tenía un agujero redondo en la frente del que salía sangre a borbotones, sangre que le entró en los ojos llevándose consigo el mundo visible que se desgajaba lentamente. Chigurh se limpió la mano con su pañuelo. No quería que ensuciaras el coche de sangre, dijo.

Moss estaba sentado con los tacones de sus botas hincados en la grava volcánica de la loma y oteaba el desierto a sus pies con unos prismáticos alemanes de doce aumentos. El sombrero echado hacia atrás. Los codos apoyados en las rodillas. El rifle que llevaba al hombro sujeto por una charpa de cuero de arnés era un calibre 270 de cañón grueso con una acción Mauser del 98 y una caja laminada de arce y nogal. Iba provisto de una mira telescópica Unertl igual de potente que los prismáticos. Los antílopes estaban aproximadamente a un kilómetro. El sol había salido hacía menos de una hora y la sombra de la loma y las yucas y las rocas cubría en buena medida la planicie aluvial. En alguna parte estaba también la sombra del propio Moss. Bajó los prismáticos y observó la región. Hacia el sur las montañas peladas de México. Los remansos del río. Al oeste la zona de terracota cocida de la ondulante frontera. Escupió seco y se limpió la boca en el hombro de su camisa de algodón.

El rifle haría agrupaciones de medio minuto de ángulo. Cinco grupos de medio centímetro a casi mil metros. El sitio que había elegido para disparar quedaba al pie de un talud de un pedregal de lava y le permitiría cubrir esa distancia. Solo que tardaría casi una hora en llegar allí y los antílopes pacían en dirección contraria. La única cosa positiva era que no soplaba viento.

Cuando llegó al pie del talud se irguió lentamente y oteó el horizonte en busca de los antílopes. No se habían movido mucho de donde estaban la última vez pero seguía siendo un disparo de más de seiscientos metros. Estudió a los animales por los prismáticos. En el aire comprimido motas y distorsión del calor. Una bruma baja de polvo y polen brillantes. No había otro lugar a cubierto y no iba a haber ninguna otra oportunidad.

Se hundió en el pedregal y se quitó una bota y la colocó encima de las rocas y apoyó la caña del rifle en el cuero y accionó la muesca del seguro con el pulgar y apuntó por la mira telescópica.

Tenían la cabeza levantada, todos ellos, mirándole.

Maldita sea, susurró. El sol estaba detrás de él de modo que no podían haber visto reflejos en el cristal de la mira. Sencillamente le habían visto a él.

El rifle tenía un gatillo Canjar ajustado a nueve onzas y Moss acercó el rifle y la bota con sumo cuidado y apuntó de nuevo y elevó ligeramente la cruz del retículo sobre la grupa del animal que estaba más encarado a él. Conocía la caída exacta de la bala en incrementos de cien yardas. Era la distancia lo que no estaba claro. Apoyó el dedo en la curva del gatillo. El diente de jabalí que llevaba colgado de una cadena de oro rebotó en las piedras a la altura de su codo.

A pesar del peso del cañón y del freno en la boca de fuego el rifle saltó de su punto de apoyo. Cuando volvió a encajar a los animales en el visor comprobó que continuaban todos en pie. La bala de 150 grains tardó casi un segundo en llegar allí, pero el sonido tardó el doble. Se quedaron mirando el penacho de polvo levantado por el impacto. Luego salieron disparados. Alcanzando casi inmediatamente la velocidad punta, corriendo por el gredal perseguidos por el largo «baaang» del disparo y caramboleando en las rocas y zigzagueando al descubierto en la soledad de la primera hora.

Se puso en pie y los vio alejarse. Levantó los prismáticos. Uno de los antílopes se había rezagado y arrastraba una pata y Moss pensó que la bala probablemente habría rebotado en la hondonada alcanzándolo en el cuarto trasero izquierdo. Se inclinó para escupir. Maldita sea, dijo.

Los vio perderse de vista tras los promontorios rocosos de más al sur. El polvo anaranjado que flotaba en la mañana sin viento se fue desdibujando y luego desapareció también. El gredal quedó en silencio y desierto bajo el sol. Como si allí no hubiera ocurrido nada. Se sentó para ponerse la bota y cogió el rifle y expulsó el cartucho gastado y se lo guardó en el bolsillo de la camisa y encajó el cerrojo. Luego se colgó el rifle al hombro y echó a andar.

Cruzar el gredal le llevó unos cuarenta minutos. Desde allí remontó una ladera volcánica y siguió la cresta de la loma hacia el sudeste hasta un lugar desde el que se dominaba la región por la que se habían esfumado los animales. Estudió lentamente el terreno con los gemelos. Allá abajo había un perro grande sin cola, de pelo negro. Lo observó. Tenía una cabeza enorme y las orejas recortadas y cojeaba de mala manera. El perro se detuvo un momento. Miró hacia atrás. Luego siguió andando. Moss bajó los prismáticos y lo vio alejarse.

Continuó por la cresta de la loma con el pulgar enganchado en la correa del rifle y el sombrero echado un poco hacia atrás. La espalda de su camisa estaba ya empapada de sudor. Allí las rocas tenían grabadas pictografías de un millar de años de antigüedad. Los hombres que las dibujaron eran cazadores como él. No había ningún otro vestigio de ellos.

Al final de la loma había un alud de rocas, un abrupto sendero cuesta abajo. *Candelillas** y hierba gatera. Se sentó en las piedras y se acodó en las rodillas y exploró la región con los prismáticos. En la planicie, a un kilómetro y medio, había tres vehículos.

Bajó los prismáticos y contempló detenidamente la región. Los levantó de nuevo. Parecía haber hombres en el suelo. Apuntaló las botas en las piedras y ajustó el enfoque. Eran camionetas o Broncos de cuatro ruedas motrices con grandes

* Todas las palabras en cursiva, salvo los monólogos del sheriff Bell, están en castellano en el original. *(N. del T.)*

neumáticos todoterreno y cabestrantes y faros en el techo. Los hombres parecían estar muertos. Bajó los gemelos. Los levantó otra vez. Luego los bajó y se quedó allí sentado. No se movía nada. Estuvo así largo rato.

Cuando se aproximó a los vehículos llevaba el rifle descolgado a la altura de la cintura y con el seguro quitado. Se detuvo. Estudió el terreno y observó los vehículos. Estaban acribillados. Algunas de las estelas de balazos que salpicaban la carrocería eran espaciadas y rectilíneas y Moss supo que las habían hecho armas automáticas. Casi todas las ventanillas estaban destrozadas y los neumáticos desinflados. Se quedó allí de pie. Escuchando.

En el primer vehículo había un cadáver derrumbado sobre el volante. Más allá había otros dos cuerpos tendidos en la desvaída hierba amarilla. Sangre seca en el suelo. Negra. Se detuvo y escuchó. Nada. Zumbido de moscas. Rodeó la camioneta por detrás. Había allí un perro grande como el que había visto cruzar la planicie. El perro estaba muerto y con las tripas fuera. Más allá había un tercer cuerpo boca abajo. Miró por la ventanilla al hombre que estaba dentro del vehículo. Le habían disparado en la cabeza. Sangre por todas partes. Siguió andando hasta el segundo vehículo pero estaba vacío. Se acercó a donde yacía el tercer cadáver. Había una escopeta en la hierba. Era de cañón corto e iba provista de una culata de pistola y una recámara de tambor de veinte cartuchos. Empujó la bota del hombre con la punta del pie y observó los cerros circundantes.

El tercer vehículo era un Bronco con la suspensión alta y lunas tintadas. Abrió la puerta del conductor. Había un hombre en el asiento, mirándolo a él.

Moss retrocedió y alzó el rifle. El hombre tenía la cara ensangrentada. Movió los labios resecos. *Agua, cuate,* dijo. *Agua, por Dios.*

Tenía en el regazo una pistola ametralladora H&K de cañón corto con una correa negra de nailon y Moss alargó la mano y la cogió y se echó atrás. *Agua,* dijo el hombre. *Por Dios.*

No llevo agua.

Agua.

Moss dejó la puerta abierta y se alejó echándose la H&K al hombro. El hombre lo siguió con la mirada. Moss rodeó la camioneta por delante y abrió la puerta del otro lado. Levantó el pestillo y tiró el asiento hacia delante. El espacio de carga estaba cubierto por una especie de lona metálica plateada. La retiró. Muchos paquetes en forma de ladrillo envueltos en plástico. Sin dejar de vigilar al hombre sacó su cuchillo y rajó uno de los paquetes. Un polvillo marrón asomó al exterior. Se humedeció el dedo índice y lo aplicó al polvo y lo olió. Se limpió el dedo en los vaqueros y volvió a cubrir los paquetes con la lona y examinó nuevamente el terreno. Nada. Se alejó de la camioneta y recorrió con los prismáticos las colinas bajas. La loma volcánica. La región llana al sur. Sacó el pañuelo y volvió y limpió todo cuanto había tocado. La manija y el pestillo y la lona y el envoltorio de plástico. Fue al otro lado de la camioneta y lo limpió todo allí también. Intentó pensar en qué más había tocado. Volvió a la primera camioneta y abrió la puerta con el pañuelo y miró en el interior. Abrió la guantera y la volvió a cerrar. Examinó al hombre muerto sobre el volante. Dejó la puerta abierta y dio la vuelta hasta el lado del acompañante. La puerta estaba llena de agujeros de bala. El parabrisas. Pequeño calibre. Seis milímetros. O quizá perdigones del número cuatro. Por el dibujo que hacían. Abrió la puerta y pulsó el botón de la ventanilla pero el encendido no estaba puesto. Cerró la puerta y se quedó estudiando las colinas bajas.

Se puso en cuclillas y se descolgó el rifle del hombro y lo dejó en la hierba y cogió la H&K y desplazó el elevador hacia atrás con el canto de la mano. Había un cartucho con bala en la recámara pero el cargador solo contenía dos cartuchos más. Olfateó la boca del arma. Expulsó el cargador y se colgó el rifle de un hombro y la pistola ametralladora del otro y volvió al Bronco y le mostró el cargador al hombre. *Otra*, dijo. *Otra.*

El hombre asintió. *En mi bolsa.*

¿Hablas inglés?

No respondió. Trataba de señalar con la barbilla. Moss vio dos cargadores asomando del bolsillo de la chaqueta que llevaba puesta. Estiró el brazo hacia la cabina y cogió los cargadores y retrocedió. Olor a sangre y a materias fecales. Introdujo uno de los cargadores llenos en la automática y se guardó los otros en el bolsillo. *Agua, cuate*, dijo el hombre.

Moss escrutó los alrededores. Ya te lo he dicho, dijo. No tengo agua.

La puerta, dijo el hombre.

Moss le miró.

La puerta. Hay lobos.

Aquí no hay *lobos.*

Sí, sí. Lobos. Leones.

Moss cerró la puerta con el codo.

Volvió a la primera camioneta y se quedó mirando la puerta del lado del acompañante. No había agujeros de bala en la puerta pero sí sangre en el asiento. La llave estaba todavía en el contacto y estiró el brazo y la giró y luego pulsó el botón de la ventanilla. El cristal asomó a lentas sacudidas. Tenía dos impactos de bala y en la cara interna del cristal había un fino reguero de sangre seca. Se quedó pensando. Miró al suelo. Manchas de sangre en la tierra arcillosa. Sangre en la hierba. Resiguió con la mirada las huellas del vehículo que se perdían hacia el sur cruzando la *caldera.* Tenía que haber un último hombre con vida. Y no era el *cuate* del Bronco que le había pedido agua.

Echó a andar por el terreno de aluvión y describió una curva amplia a fin de localizar las huellas de neumáticos en la hierba rala. Reconoció el terreno unos treinta metros más al sur. Divisó el rastro del hombre y lo siguió hasta encontrar sangre en la hierba. Y luego más sangre.

No llegarás lejos, dijo. Quizá crees que sí, pero no.

Dejó el rastro y se dirigió al punto más alto de los alrededores con la H&K bajo el brazo y el seguro quitado. Examinó el terreno hacia el sur con los prismáticos. Nada. Se quedó allí toqueteando el colmillo de jabalí que le colgaba sobre la camisa. Y ahora, dijo, estás escondido en alguna parte vigilando tu retirada. Y las probabilidades de que yo te vea antes que tú a mí son tantas como prácticamente cero.

Se puso en cuclillas y estabilizó los codos sobre las rodillas y con los prismáticos barrió las rocas de la cabecera del valle. Se sentó y cruzó las piernas y escudriñó nuevamente el terreno y luego bajó los gemelos y se quedó sentado. No asomes tu estúpido culo agujereado, dijo. No lo hagas.

Giró el torso y miró al sol. Serían las once. Ni siquiera sabemos si esto ocurrió la noche pasada. Pudo haber sido hace dos noches. O incluso tres.

O pudo haber sido anoche.

Se había levantado brisa. Se echó el sombrero hacia atrás y se enjugó la frente con su bandana y volvió a guardarse la bandana en el bolsillo de los vaqueros. Dirigió la vista hacia la sierra rocosa en el perímetro oriental de la *caldera*.

Ningún herido va cuesta arriba, dijo. Eso no pasa nunca.

Había que trepar para llegar a lo alto de la loma y era ya casi mediodía cuando coronó. Hacia el norte pudo ver la forma de un tractor con remolque cruzando el paisaje rutilante. Quince kilómetros. Tal vez veinte. La carretera 90. Se sentó y barrió la nueva región con los prismáticos. Entonces se detuvo.

Entre unas rocas al borde de la *bajada** había algo azul. Lo estuvo mirando largo rato por los prismáticos. Nada se movía. Estudió los aledaños. Después volvió a mirarlo un rato más. Había pasado casi una hora cuando se levantó y empezó a descender.

El muerto estaba apoyado contra una roca con una automática calibre 45 niquelada reglamentaria amartillada en la

* Terreno ligeramente inclinado que se forma por acumulación de restos aluviales al pie de una o varias montañas. *(N. del T.)*

hierba entre sus piernas. Tenía los ojos abiertos. Como si examinara algún detalle en la hierba. Había sangre en el suelo y sangre en la roca en la que se apoyaba. La sangre era todavía de un rojo oscuro, claro que aún le daba la sombra. Moss cogió la pistola y presionó el seguro de la empuñadura con el pulgar y bajó el percutor. Se agachó e intentó limpiar la sangre de la empuñadura en la pernera del pantalón del muerto pero la sangre estaba demasiado coagulada. Se puso de pie y se metió la pistola en el cinto por la parte de la espalda y se echó el sombrero hacia atrás y usó la manga para secarse el sudor de la frente. Dio media vuelta y estudió el entorno. Había un maletín de piel apoyado en la rodilla del hombre y Moss supo con seguridad lo que contenía y se sintió atemorizado de una manera que no alcanzó a entender.

Cuando se decidió por fin a cogerlo retrocedió unos pasos y se sentó en la hierba y se descolgó el rifle y lo dejó a un lado. Estaba sentado con las piernas separadas y la H&K en el regazo y el maletín entre las rodillas. Soltó las dos correas y abrió el pestillo de latón y levantó la solapa y la dobló hacia atrás.

Estaba lleno hasta arriba de billetes de cien dólares. En paquetes ceñidos por cinta bancaria en la que aparecía impresa la cifra $ 10,000. No sabía a cuánto ascendía el total, pero se hizo una idea bastante clara. Contempló los fajos de billetes y luego bajó la solapa y se quedó sentado con la cabeza gacha. Su vida entera estaba allí delante de él. Día tras día del alba a la noche hasta que se muriera. Todo en menos de dos kilos de papel metidos en una cartera.

Alzó la cabeza y dirigió la vista hacia la *bajada*. Ligero viento del norte. Fresco. Soleado. La una del mediodía. Miró al hombre muerto en la hierba. Sus caras botas de cocodrilo llenas de sangre se estaban volviendo negras. El fin de su vida. En este lugar. Las montañas lejanas hacia el sur. El viento moviendo la hierba. La quietud. Cerró el maletín y ajustó las correas y las hebilló y se puso de pie y se echó el rifle al hombro y cogió el maletín y la pistola y se orientó por su sombra y se puso en marcha.

Creía saber cómo llegar a su camioneta y pensó en la travesía del desierto en la oscuridad. En aquella región había serpientes de cascabel y si le mordían por la noche se sumaría sin duda a los otros miembros del grupo y el maletín y su contenido pasarían a otras manos. Sumado a estas consideraciones estaba el problema de cruzar a campo abierto a plena luz del día y a pie con un arma automática colgada del hombro y una cartera que contenía varios millones de dólares. Por no hablar de la certeza absoluta de que alguien vendría a buscar el dinero. Tal vez varios alguienes.

Pensó en volver a por la escopeta con recámara de tambor. Tenía mucha fe en la escopeta. Pensó incluso en abandonar la pistola ametralladora. La sola posesión de una era un delito castigado con la cárcel.

No abandonó nada y no volvió donde las camionetas. Echó a andar a campo traviesa atajando por los pasos entre los cerros volcánicos y cruzando el terreno llano u ondulado entre loma y loma. Hasta que a última hora llegó a la pista por la que había venido de madrugada. Y, tras caminar poco más de un kilómetro, llegó a la camioneta.

Abrió la puerta y dejó el rifle apoyado en el suelo. Rodeó el vehículo y abrió la puerta del conductor y presionó la palanca y deslizó el asiento hacia delante y dejó el maletín y la pistola detrás. Puso el 45 y los prismáticos encima del asiento y montó y echó el asiento hacia atrás hasta donde daba de sí y metió la llave en el contacto. Luego se quitó el sombrero y se retrepó y descansó la cabeza contra el cristal frío de detrás y cerró los ojos.

Cuando llegó a la carretera aminoró la marcha y pasó sobre las barras del guardaganado y se incorporó al asfalto y encendió los faros. Se dirigió al oeste hacia Sanderson y no rebasó el límite de velocidad ni una sola vez. Paró en la estación de servicio en el extremo este del pueblo a comprar cigarrillos y a tomar un gran vaso de agua y luego siguió su camino hacia el Desert Aire y paró delante del remolque-vivienda y apagó el motor. Dentro había luz. Puedes vivir cien años, dijo, y seguro que no habrá otro día como este. Tan pronto como lo hubo dicho lo lamentó.

Sacó la linterna de la guantera y se apeó y cogió la pistola y el maletín de detrás del asiento y se deslizó debajo del remolque. Se quedó allí tumbado mirando el chasis desde abajo. Tubos de plástico barato y contrachapado. Pedazos de material aislante. Dejó la H&K apoyada en una esquina y la cubrió con el aislante y se quedó pensando. Luego salió de debajo con el maletín y se sacudió el polvo y subió los escalones y entró.

Ella estaba arrellanada en el sofá mirando la tele y bebiendo una Coca-Cola. Ni siquiera levantó la vista. Son las tres, dijo.

Puedo volver más tarde.

Ella le miró sobre el respaldo del sofá y volvió a mirar la pantalla. ¿Qué llevas en esa cartera?

Dinero.

Sí, ya. Ojalá.

Moss entró en la cocina y sacó una cerveza de la nevera.

¿Me das las llaves?, dijo ella.

Para qué.

Voy a comprar tabaco.

Tabaco.

Sí, Llewelyn. Tabaco. Llevo aquí sentada todo el día.

¿Y cianuro? ¿Qué tal vamos de eso?

Tú dame las llaves. Me quedaré a fumar en el maldito jardín.

Moss tomó un sorbo de cerveza y fue al dormitorio y se puso de rodillas y metió el maletín bajo la cama. Luego volvió a salir. Te he traído cigarrillos, dijo. Voy a buscarlos.

Dejó la cerveza en la encimera y salió y cogió las dos cajetillas y los prismáticos y la pistola y se echó el 270 al hombro y cerró la puerta de la camioneta y volvió a entrar. Le pasó los cigarrillos y siguió hacia el dormitorio.

¿De dónde has sacado esa pistola?, le gritó ella.

De por ahí.

¿La has comprado?

No. Me la encontré.

Ella se incorporó en el sofá. ¿Llewelyn?

Él volvió. Qué, dijo. Deja de gritar.

¿Qué has dado a cambio?

No tienes por qué saberlo todo.

Cuánto.

Ya te he dicho que la encontré.

No, eso no es verdad.

Se sentó en el sofá y apoyó los pies en la mesita baja y tomó otro sorbo. No es mía, dijo. Yo no he comprado ninguna pistola.

Más te vale.

Ella abrió uno de los paquetes y sacó un cigarrillo y lo encendió con un mechero. ¿Dónde has estado todo el santo día?

He ido a comprarte cigarrillos.

No quiero ni saberlo. No quiero ni saber qué te traes entre manos.

Él bebió cerveza y asintió. Así está mejor, dijo.

Creo que es preferible no saber ni siquiera nada.

Sigue largando por esa boca y te llevo ahí dentro y te echo un polvo.

Bocazas.

Y dale.

Eso es lo que dijo ella.

Deja que me termine la cerveza. Ya veremos lo que dijo ella o dejó de decir.

Cuando despertó era la una y seis minutos según el despertador digital de la mesita de noche. Se quedó tumbado mirando al techo. El reverbero de la lámpara de vapor del exterior bañaba la alcoba con una luz fría y azulada. Como luna de invierno. U otra clase de luna. Había acabado por sentirse a gusto con aquella luz extraña, como astral. Todo menos dormir a oscuras.

Sacó los pies de entre las sábanas y se sentó. Miró la espalda desnuda de la mujer. Sus cabellos sobre la almohada. Le cubrió el hombro con la manta y se levantó y fue a la cocina.

Sacó de la nevera la jarra de agua y desenroscó el tapón y se quedó allí bebiendo a la luz de la puerta de la nevera. Luego permaneció de pie sosteniendo la jarra con el agua que sudaba frío en el cristal, mirando por la ventana hacia las luces de la carretera. Estuvo así un buen rato.

Cuando volvió al dormitorio recogió sus calzoncillos del suelo y se los puso y entró en el baño y cerró la puerta. Luego pasó al segundo dormitorio y sacó el maletín de debajo de la cama y lo abrió.

Se sentó en el suelo con el maletín entre las piernas y hundió las manos en el dinero y lo fue sacando. Los fajos eran de veinte billetes cada uno. Volvió a meterlos en el maletín y golpeó el maletín contra el suelo para nivelar la carga. Por doce. Pudo hacer mentalmente el cálculo. Dos coma cuatro millones. Todo en billetes usados. Se lo quedó mirando. Tienes que tomarte esto muy en serio, dijo. No como si fuera un golpe de suerte.

Cerró la bolsa y ajustó de nuevo las correas y la metió bajo la cama y se levantó y fue hasta la ventana. Miró las estrellas sobre la pendiente escarpada al norte del pueblo. Quietud absoluta. Ni siquiera un perro. Pero no era por el dinero por lo que se había despertado. ¿Estáis muertos ahí fuera?, dijo. No, qué coño, no estáis muertos.

Ella se despertó mientras él se vestía y se giró de costado en la cama para mirarle.

¿Llewelyn?

Qué.

¿Qué haces?

Me visto.

¿Adónde vas?

Afuera.

¿Adónde vas, cielo?

He olvidado algo. Enseguida vuelvo.

¿Qué vas a hacer?

Abrió el cajón y sacó el 45 y expulsó el cargador y lo comprobó y volvió a encajarlo y se metió la pistola en el cinturón. Dio media vuelta y la miró.

Voy a hacer la cosa más tonta del mundo pero voy a ir igual. Si no regreso dile a mamá que la quiero.

Tu madre está muerta, Llewelyn.

Entonces se lo diré yo mismo.

Ella se incorporó en la cama. Me tienes muy asustada. ¿Es que te has metido en algún lío?

No. Duérmete.

¿Que me duerma?

No tardaré nada.

Vete al diablo, Llewelyn.

Retrocedió hasta el umbral y la miró. ¿Y si resulta que no vuelvo? ¿Son tus últimas palabras?

Ella le siguió hasta la cocina poniéndose la bata. Moss sacó un envase vacío de debajo del fregadero y lo llenó de agua del grifo.

¿Sabes la hora que es?, dijo ella.

Sí. Sé la hora que es.

No quiero que te vayas. ¿Adónde vas? No quiero que te marches.

En eso estamos de acuerdo, querida, porque yo tampoco quiero irme. Volveré. No me esperes levantada.

Se detuvo bajo las luces de la estación de servicio y apagó el motor y sacó el mapa topográfico de la guantera y lo desplegó sobre el asiento y lo estuvo examinando. Finalmente marcó donde pensaba que debían de estar las camionetas y luego trazó una ruta a campo traviesa hasta la verja de ganado del rancho Harkle. Llevaba un buen juego de neumáticos todoterreno en la camioneta y dos de repuesto en la plataforma pero esta era una región dura. Se quedó mirando la línea que había dibujado. Después se inclinó para estudiar el terreno y trazó otra línea. Luego se quedó sentado mirando el mapa. Cuando arrancó y salió a la carretera eran las dos y cuarto de la mañana, la calzada desierta, la radio del vehículo en esta tierra de nadie muda incluso de interferencias de un extremo al otro del dial.

Aparcó al llegar a la verja y se apeó y la abrió y pasó con la camioneta y desmontó para cerrarla de nuevo y se quedó escuchando el silencio. Luego montó otra vez y condujo al sur por la pista del rancho.

Mantuvo la tracción a dos ruedas y condujo en segunda. Ante él la luz de la luna todavía por salir iluminando por detrás unas colinas como de cartón piedra. Torciendo más abajo de donde había aparcado por la mañana hacia lo que podía haber sido un antiguo camino carretero que atravesaba las tierras de Harkle en dirección este. Cuando la luna salió por fin entre las colinas apareció hinchada y pálida y deforme para iluminar toda la región y Moss apagó los faros de la camioneta.

Media hora después aparcó y echó a andar por la cresta de un promontorio y se detuvo a estudiar la región al este y al sur. La luna alta. Un mundo azul. Sombras visibles de nubes cruzando la planicie. Correteando por las laderas. Se quedó sentado en la roca con las botas cruzadas al frente. Ningún coyote. Nada. Para un camello mexicano. Sí. Bueno. Todos somos algo.

De nuevo en la camioneta abandonó el rastro y guió orientándose por la luna. Pasó bajo un promontorio volcánico en el extremo superior del valle y giró de nuevo al sur. Tenía buena memoria para el campo. Estaba cruzando un terreno que había explorado desde la loma aquella mañana y se detuvo otra vez y salió a escuchar. Cuando volvió a la camioneta arrancó la cubierta de plástico de la luz cenital y sacó la bombilla y la dejó en el cenicero. Se sentó con la linterna y volvió a mirar el mapa. En la siguiente parada solo apagó el motor y se quedó sentado con las ventanillas bajadas. Así estuvo largo rato.

Aparcó la camioneta a menos de un kilómetro sobre el extremo superior de la *caldera* y cogió del suelo el envase de agua y se metió la linterna en el bolsillo. Luego cogió el 45 del asiento y cerró la puerta sin ruido con el pulgar en el botón de la manija y dio media vuelta y partió hacia las camionetas.

Estaban como las había dejado, acuclilladas sobre sus neumáticos cosidos a balazos. Se aproximó con el revólver amartillado. Silencio absoluto. Tal vez debido a la luna. Su sombra le daba más compañía de la que hubiera deseado. Sensación desagradable. Un intruso. Entre los muertos. No te me pongas raro, dijo. Tú no eres uno de ellos. Todavía.

La puerta del Bronco estaba abierta. Al verlo hincó la rodilla. Dejó la jarra de agua en el suelo. Tonto del culo, dijo. Ya lo ves. Demasiado tonto para vivir.

Giró lentamente, avizorando los alrededores. No oía otra cosa que su corazón. Avanzó hasta la camioneta y se agachó junto a la puerta abierta. El hombre había caído de lado sobre la consola. Todavía sujeto por el cinturón de seguridad. Sangre fresca por todas partes. Se sacó la linterna del bolsillo y protegió la lente con la mano cerrada y la encendió. Le habían disparado en la cabeza. Nada de *lobos*. Nada de *leones*. Dirigió la luz hacia el espacio de carga detrás de los asientos. No había nada. Apagó la linterna y se puso de pie. Caminó lentamente hacia donde estaban los otros cadáveres. La escopeta había desaparecido. La luna había subido ya un cuarto. Casi parecía de día. Se sintió como algo metido en un tarro.

Había recorrido la mitad del trecho hasta su camioneta cuando algo le hizo detenerse. Se agachó con la pistola amartillada a la altura de la rodilla. Pudo ver la camioneta a la luz de la luna en lo alto de la cuesta. Desvió la vista hacia un lado para verla mejor. Había gente de pie junto a la camioneta.

Luego desaparecieron. No hay definición de imbécil que no os cuadre, dijo. Y ahora vais a morir.

Se metió el 45 por la parte de atrás del cinturón y se encaminó a paso vivo hacia la loma volcánica. A lo lejos oyó un motor poniéndose en marcha. Surgieron luces en lo alto de la cuesta. Empezó a correr.

Cuando llegó a las rocas la camioneta iba ya por la mitad de la *caldera*, las luces brincando sobre el piso irregular. Buscó algún sitio donde esconderse. No había tiempo. Se tumbó boca abajo en la hierba con la cabeza entre los antebrazos y esperó. Podían haberle visto o no. Esperó. La camioneta pasó de largo. Cuando se perdió de vista se puso de pie y empezó a remontar la cuesta.

A media ascensión se detuvo tragando aire a bocanadas e intentando escuchar. Las luces debían de estar más abajo. No pudo verlas. Continuó subiendo. Al rato vio las formas oscuras de los vehículos allá abajo. Luego la camioneta volvió a subir por la *caldera* con las luces apagadas.

Se tumbó plano sobre las rocas. Un reflector pasó a ras de la lava y volvió. La camioneta aminoró la marcha. Oyó el motor al ralentí. El trote pausado de la leva. Motor de cilindros grandes. El reflector barrió de nuevo las rocas. De acuerdo, dijo. Tendré que acortar vuestra agonía. Será lo mejor para todos.

El motor aceleró un poco y quedó de nuevo al ralentí. Un sonido gutural en el tubo de escape. Levas y colectores y sabe Dios qué más. Al cabo de un rato se movió en la oscuridad.

Cuando llegó a la cresta de la loma se agachó y se sacó el 45 del cinturón y lo desarmó y volvió a guardárselo y miró hacia el norte y hacia el este. Ni rastro de la camioneta.

¿A que te gustaría estar ahí con tu viejo pickup tratando de alcanzarlos?, dijo. Entonces se dio cuenta de que nunca volvería a ver su camioneta. Bueno, dijo. Hay muchas cosas que no volverás a ver nunca.

El reflector surgió de nuevo al final de la *caldera* y se movió por la loma. Moss se tumbó boca abajo y observó. La luz volvió otra vez.

Si supieras que alguien va por ahí a pie con dos millones de dólares que te pertenecen, ¿en qué momento dejarías de buscar?

Exacto. No existe tal momento.

Se quedó a la escucha. No podía oír la camioneta. Al cabo de un rato se levantó y empezó a descender por el lado más apartado de la loma. Estudiando el entorno. La planicie allá abajo amplia y callada al claro de luna. Imposible cruzarla y tampoco había otro sitio adonde ir. Bueno, tío, ¿qué planes tienes ahora?

Son las cuatro de la mañana. ¿Sabes dónde está tu chico preferido?

Te diré una cosa. ¿Por qué no montas en tu camioneta y vas a llevarle a ese hijo de puta un trago de agua?

La luna alta y pequeña. Siguió atento a la planicie mientras trepaba por la cuesta. ¿Cómo estás de motivado?, dijo.

Motivadísimo, maldita sea.

Más te vale.

Oyó la camioneta. La vio rodear la punta del altozano con los faros apagados y recorrer el borde de la planicie a la luz de la luna. Puso cuerpo a tierra entre las rocas. Sus pensamientos dieron cabida también a escorpiones y serpientes. El reflector iba barriendo la ladera. Metódicamente. Lanzadera brillante, telar oscuro. No se movió.

La camioneta cruzó hasta el otro lado y volvió. Marchando en segunda, parando, el motor a medio gas. Avanzó un poco hasta donde pudiera verla mejor. Le entraba sangre en un ojo de un corte en la frente. No sabía cómo se lo había hecho. Se pasó el canto de la mano por el ojo y se limpió la mano en el pantalón. Sacó su pañuelo y se presionó la cabeza con él.

Podrías ir al sur hacia el río.

Sí. Podrías.

Menos al descubierto.

Menos que nadie.

Se volvió con el pañuelo todavía sobre la frente. No había nubes a la vista.

Tienes que estar en alguna parte para cuando amanezca.

En casa y en la cama no estaría mal.

Observó atentamente la planicie que se extendía azul en el silencio. Un vasto anfiteatro pasmado. A la espera. No era la primera vez que tenía esa sensación. En otro país. Nunca pensó que volvería a tenerla.

Esperó largo rato. La camioneta no volvió. Echó a andar hacia el sur. Se detuvo y escuchó. Ni un coyote, nada.

Cuando alcanzó el llano a la altura del río empezaba ya a aparecer por el este un primer atisbo de luz. La noche no iba a ser ya más oscura. El llano se extendía hasta los meandros del río y Moss escuchó por última vez y luego partió a paso ligero.

Era una distancia muy larga y se encontraba todavía a unos doscientos metros del río cuando oyó la camioneta. Una fría luz gris rompía sobre las colinas. Al mirar atrás pudo ver el polvo contra el nuevo horizonte. Aún estaba a un kilómetro. En la quietud del alba su sonido no más siniestro que el de una barca en un lago. Entonces oyó que reducía. Se sacó el 45 del cinturón para no perderlo y se lanzó a carrera abierta.

Cuando volvió a mirar atrás la camioneta había cubierto buena parte de la distancia. Moss estaba aún a cien metros del río y no sabía lo que encontraría una vez allí. Una garganta de roca viva. Los primeros entrepaños de luz se colaban por una brecha en las montañas que había al este y se abrían en abanico ante él. La camioneta llevaba encendidas todas las luces, las del techo y los parachoques. El motor siguió acelerando hasta el aullido donde las ruedas dejaban el suelo.

No dispararán, dijo. No pueden permitirse ese lujo.

El estampido largo de un disparo de rifle caramboleó por toda la hondonada. Comprendió que era la bala lo que había oído silbar sobre su cabeza y perderse hacia la parte del río. Volvió la vista atrás y había un hombre asomado por el techo solar, una mano encima de la cabina y la otra sosteniendo un rifle en vertical.

El río describía una amplia curva al salir de un cañón y continuaba más allá de un carrizal grande. Aguas abajo iba a dar a un risco y luego viraba hacia el sur. Oscuridad profunda en el cañón. El agua oscura. Se dejó caer por la angostura y cayó y rodó y se levantó y se abrió paso hacia el río por una larga loma arenosa. No había recorrido aún seis metros cuando comprendió que no tenía tiempo de hacerlo. Miró una vez hacia atrás y luego se puso en cuclillas y se dio impulso y se lanzó cuesta abajo sosteniendo el 45 con ambas manos.

Rodó y resbaló un buen trecho, lo ojos casi cerrados debido al polvo y la arena que levantaba con sus pies, la pistola pegada al pecho. Luego todo eso cesó y simplemente caía al vacío. Abrió los ojos. Allá en lo alto el mundo nuevo de la mañana, girando lentamente.

Aterrizó en una gravera y se le escapó un gemido. Luego estaba rodando por una hierba áspera. Dejó de rodar y quedó tumbado boca abajo, jadeando.

La pistola había desaparecido. Reptó por la hierba que había achatado a su paso hasta que dio con ella y la cogió y exploró de nuevo el borde de los meandros un poco más arriba, golpeando el cañón de la pistola contra su brazo para sacudir la tierra adherida. Tenía la boca llena de arena. Los ojos. Vio aparecer dos hombres recortados contra el cielo y amartilló la pistola y les disparó y volvieron a desaparecer.

Sabía que no tenía tiempo para arrastrarse hasta el río y simplemente se levantó y empezó a correr, chapoteando por los bajíos interconectados y luego siguió un largo banco de arena hasta que llegó al cauce principal. Se sacó las llaves y la cartera y lo guardó todo en el bolsillo de su camisa y abrochó el botón. El viento fresco que soplaba del agua olía a hierro.

Notó su sabor. Tiró la linterna y bajó el percutor del 45 y se metió la pistola en la entrepierna de sus tejanos. Luego se quitó las botas y las encajó boca abajo en el cinturón una a cada lado y apretó el cinturón todo lo que pudo y dio media vuelta y se zambulló en el río.

El frío lo dejó sin aliento. Miró hacia el borde, soplando y pedaleando en aquella agua azul pizarra. No había nada. Giró y siguió nadando.

La corriente lo llevó hasta el recodo del río y lo lanzó contra las rocas. Se apartó dándose impulso. El risco que tenía ante él se elevaba oscuro y cóncavo y en las sombras el agua estaba picada y negra. Cuando finalmente fue a parar al remanso y miró hacia atrás divisó la camioneta aparcada en lo alto del risco pero no pudo ver a nadie. Comprobó que todavía llevara las botas y la pistola y luego empezó a bracear hacia la otra orilla.

Cuando por fin consiguió salir tiritando del río estaba a más de un kilómetro de donde se había zambullido. Se había quedado sin calcetines y echó a andar rápido y descalzo hacia los carrizos. En la roca que pisaba, hoyos redondos donde los antiguos habían molido sus alimentos. La siguiente vez que miró la camioneta ya no estaba. Dos hombres corrían perfilados contra el cielo por el borde del risco. Había llegado casi a las cañas cuando todo se agitó a su alrededor y oyó un estampido y luego el eco del mismo desde el otro lado de la corriente.

Una posta le había herido en el brazo y escocía como una picadura de avispa. Se llevó la mano a la herida y se metió en el carrizal, la bala de plomo medio sepultada en la cara posterior de su brazo. La pierna izquierda insistía en ceder bajo su peso y le estaba costando respirar.

Resguardado por la maleza se dejó caer de rodillas, tragando aire por la boca. Se desabrochó el cinturón y tiró las botas a la arena y agarró el 45 y lo dejó a un lado y se palpó el brazo. La posta ya no estaba allí. Se desabrochó la camisa y se la quitó y giró el brazo para mirar la herida. Tenía la forma exacta de la posta y sangraba ligeramente, pequeños fragmentos de tela de camisa metidos dentro. Toda la parte posterior del brazo era ya un cardenal de feo aspecto. Estrujó la camisa y se la puso de nuevo y se la abotonó y se calzó las botas y se levantó apretándose el cinturón. Recogió la pistola y sacó el cargador y expulsó el cartucho de la recámara y luego sacudió el arma y sopló por el cañón y volvió a montarla. No estaba seguro de si dispararía pero le pareció que probablemente sí.

Cuando salió de los carrizos por el otro extremo se detuvo a mirar atrás pero las cañas medían nueve metros de alto y no pudo ver nada. Río abajo había un banco de tierra y un grupo de chopos. Cuando llegó allí sus pies empezaban ya a ampollarse de caminar descalzo con las botas húmedas. Tenía el brazo hinchado y le dolía pero la hemorragia parecía haber cesado. Salió al sol en una gravera y se sentó y se quitó las botas y se miró los talones en carne viva. No bien se hubo sentado la pierna empezó a dolerle otra vez.

Desabrochó la pequeña funda de cuero que llevaba al cinto y sacó su navaja y luego se puso de pie y volvió a quitarse la camisa. Cortó las mangas a la altura del codo y se sentó y se envolvió los pies y se calzó las botas. Metió la navaja en su funda y presionó el cierre y cogió la pistola y se levantó a la escucha. Un pájaro. Un turpial. Nada.

Al dar la vuelta para ponerse en camino le llegó de lejos el ruido de la camioneta en la otra orilla. La buscó con la mirada pero no pudo verla. Pensó que a esas alturas los dos hombres habrían cruzado el río y debían de estar detrás de él.

Avanzó entre los árboles. Los troncos entarquinados por las crecidas y las raíces enredadas entre las piedras. Volvió a quitarse las botas para no dejar huellas en la grava y escaló una larga cavidad pedregosa hacia la orilla meridional del cañón llevando las botas y las vendas y la pistola y vigilando dónde ponía los pies. El sol iluminaba el cañón y las piedras por las que había cruzado se secarían en cuestión de minutos. Al otro lado del río un halcón se alzó de los peñascos silbando flojo. Esperó. Al cabo de un rato un hombre salió del carrizal río arriba y se detuvo. Empuñaba una ametralladora. Un segundo hombre apareció más abajo. Se miraron y siguieron adelante.

Pasaron por debajo de él y Moss los vio perderse de vista aguas abajo. Ni siquiera estaba pensando en ellos. Estaba pensando en su camioneta. Cuando el juzgado abriera sus puertas el lunes a las nueve de la mañana alguien iba a cantarles el número de la placa de inspección remachada en el interior de la puerta y de este modo conseguirían su nombre y su dirección. Le quedaban unas veinticuatro horas. Para entonces ellos sabrían quién era y ya no se detendrían hasta dar con él. Jamás.

Tenía un hermano en Califonia y ¿qué se suponía que le iba a decir? Arthur, un par de tipos van para allá con la intención de sujetarte los huevos entre las mandíbulas de una prensa de tornillo de quince centímetros y empezar a girar la manivela un cuarto de vuelta cada vez, tanto si sabes dónde estoy como si no. Quizá te convendría mudarte a China.

Se sentó y se envolvió los pies y se puso las botas y se levantó y empezó a recorrer el último trecho de cañón hasta el borde. Salió a un terreno llano y yermo que se extendía hacia el sur y hacia el este. Tierra roja y matas de gobernadora. Montañas a lo lejos y en la media distancia. Nada más. Espejismo de calor. Se metió la pistola por el cinturón y miró una vez más hacia el río y luego puso rumbo al este. Langtry, Texas, estaba a unos cincuenta kilómetros en línea recta. Tal vez menos. Diez horas. Doce. Los pies ya le dolían. Le dolía la pierna. El pecho. El brazo. El río se alejaba a sus espaldas. Ni siquiera había bebido un poco.

2

Desconozco si el trabajo de policía es más peligroso ahora que antes. Sé que cuando yo empecé te topabas con una pelea a puñetazos y tú ibas a intervenir para evitar que se pegaran y los tipos te proponían liarse a tortas contigo. Y a veces tenías que complacerles. No aceptaban otra cosa. Y pobre de ti que perdieras. Esas cosas ya no se ven, pero quizá se ven cosas peores. Una vez un tipo me apuntó con un arma y yo conseguí agarrársela justo cuando iba a disparar y la llave del percutor se me clavó en la parte carnosa del dedo gordo. Todavía se nota la marca. Pero aquel hombre estaba decidido a matarme. Hace unos años, y tampoco demasiados, iba yo una noche por una de esas pequeñas carreteras de dos carriles y me encontré con una camioneta en cuya plataforma iban sentados dos tipos. Me hicieron señas con los intermitentes y yo me rezagué un poco pero la camioneta llevaba matrícula de Coahuila y me dije, vaya, tendré que parar a esos tipos y echar un vistazo. De modo que les puse las largas y justo en ese momento vi que se abría la ventana deslizante de la parte posterior de la cabina y alguien le pasó una escopeta a uno de los que iban atrás. Os juro que pisé el freno con los dos pies. El coche derrapó y las luces iluminaron el matorral de la cuneta pero lo último que vi en la plataforma del vehículo fue a aquel tipo encajándose la escopeta en el hombro. Caí sobre el asiento y no bien había acabado de hacerlo cuando el parabrisas se me vino encima convertido en añicos. Yo todavía tenía un pie en el freno y noté que el coche patinaba hacia la zanja y pensé que iba a dar la vuelta de campana pero no fue así. El coche se llenó de tierra. El tipo aquel disparó dos veces más y destrozó los cristales de un lado, pero para entonces el coche se había detenido ya y me quedé allí sentado, saqué mi pistola y oí que la camioneta se alejaba y entonces me incorporé e hice fuego varias veces contra las luces de atrás pero ya era tarde.

El caso es que nunca sabes lo que te espera cuando detienes a alguien. Sales a la carretera. Te acercas a un coche y no sabes lo que puedes encontrar. Aquel día me quedé un buen rato sentado dentro del coche patrulla. El motor estaba parado pero las luces continuaban encendidas. Todo lleno de cristales y de tierra. Salí del coche y me sacudí con tiento y volví a montar y me quedé sentado. Reponiéndome del susto. Los limpiaparabrisas colgaban sobre el salpicadero. Apagué las luces y continué sentado. Cuando te topas con alguien que es capaz de liarse a tiros contra un agente de la ley, es que se trata de gente que va muy en serio. No volví a ver aquella camioneta. Ni yo ni nadie. Ni tampoco aquella matrícula. Quizá hubiera debido perseguirlos. O intentarlo. No lo sé. Regresé a Sanderson y entré en el bar y os juro que vino gente de todas partes a ver el coche patrulla destrozado. Lleno de agujeros. Parecía el coche de Bonnie y Clyde. Yo no tenía un solo rasguño. Ni siquiera de los cristales. Me criticaron por eso también. Por aparcar allí en medio. Dijeron que lo hacía para lucirme. A lo mejor sí. Pero os juro que también necesitaba tomarme un café.

Leo el periódico cada mañana. Supongo que es sobre todo para intentar anticiparme a lo que pueda pasar aquí. Y no es que yo haya hecho un gran trabajo para evitar que las cosas pasen. Cada vez es más difícil. No hace mucho se encontraron por aquí dos tipos y uno era de California y el otro de Florida. Se conocieron en algún punto a mitad de camino. Y decidieron recorrer el país cargándose al primero que pillaban. No recuerdo a cuántos mataron. ¿Cómo puede uno prever una cosa así? Aquellos dos tipos no se habían visto nunca. Es difícil que haya mucha gente igual. Yo no lo creo. Bueno, vaya usted a saber. Aquí el otro día una mujer metió a su hijo en un contenedor de basura. ¿A quién se le ocurre? Mi mujer ya no lee nunca el periódico. Probablemente tiene razón. Suele tenerla.

Bell subió los escalones de la parte posterior del juzgado y caminó por el pasillo hasta su oficina. Hizo girar la butaca y se sentó y miró el teléfono. Adelante, dijo. Ya he llegado.

El teléfono sonó. Bell levantó el auricular. Aquí el sheriff Bell, dijo.

Escuchó. Asintió con la cabeza.

Estoy seguro de que bajará enseguida, señora Downie. Por qué no me llama usted dentro de un rato. Sí, señora.

Se quitó el sombrero y lo dejó sobre la mesa y se quedó sentado con los ojos cerrados, pellizcándose el puente de la nariz. Sí, señora, dijo. Sí, señora.

Señora Downie, yo no he visto muchos gatos muertos subidos a un árbol. Creo que bajará enseguida si usted lo deja en paz. Llámeme dentro de un ratito, ¿de acuerdo?

Colgó el teléfono y se lo quedó mirando. Es el dinero, dijo. Si tienes dinero no te pones a hablar de gatos muertos en un árbol.

Bueno. Quizá sí.

La radio chirrió. Alcanzó el receptor y pulsó el mando y puso los pies encima de la mesa. Bell, dijo.

Se quedó escuchando. Bajó los pies al suelo y se incorporó.

Coge las llaves y mira en el maletero. Está bien. Espero.

Tamborileó en la mesa con los dedos.

De acuerdo. Mantén las luces encendidas. Estaré ahí dentro de cincuenta minutos. Ah, Torbert. No olvides cerrar el maletero.

Él y Wendell aparcaron delante de la unidad en el arcén asfaltado y se apearon. Torbert salió y se quedó junto a la puerta de su coche. El sheriff saludó con un gesto de cabeza. Caminó por el borde de la calzada examinando las huellas de neumáticos. Has visto esto, supongo, dijo.

Sí, señor.

Echemos un vistazo.

Torbert abrió el maletero y se quedaron mirando el cadáver. La pechera de la camisa estaba cubierta de sangre, en parte seca. Toda la cara ensangrentada. Bell se inclinó y metió la mano en el maletero y sacó algo del bolsillo de la camisa del hombre y lo desdobló. Era un recibo, manchado de sangre, de una estación de servicio en Junction, Texas. Bien, dijo. Aquí se acabó el camino para Bill Wyrick.

No he mirado a ver si llevaba cartera encima.

Da igual. No lleva. Esto ha sido de chiripa.

Examinó el agujero que el hombre tenía en la frente. Parece de un 45. Herida limpia. Como hecha con un wadcutter.

¿Qué es un wadcutter?

Es munición de punta chata para tiro al blanco. ¿Tienes las llaves?

Sí, señor.

Bell cerró el maletero. Miró en derredor. Los vehículos que pasaban por la interestatal aminoraban la marcha al acercarse. Ya he hablado con Lamar. Le he dicho que podrá recuperar su unidad dentro de unos tres días. He llamado a Austin y vendrán a buscarte a primera hora de la mañana. No pienso cargarlo en una de nuestras unidades y está claro que ya no necesita un helicóptero. Lleva la unidad de Lamar a Sonora cuando estés listo y llámame y Wendell o yo iremos a buscarte. ¿Tienes algo de dinero?

Sí, señor.

Haz el informe como cualquier otro.

Sí, señor.

Blanco, entre treinta y cuarenta, complexión media.

¿Cómo se deletrea Wyrick?

Olvídalo. No sabemos cómo se llama.

No, señor.

Puede que tenga familia.

Sí, señor. ¿Sheriff?

Qué.

¿Qué tenemos del autor del crimen?

Nada. Dale las llaves a Wendell antes de que se te olvide.

Están en la unidad.

Pues procura no dejar llaves dentro.

No, señor.

Hasta dentro de dos días.

Sí, señor.

Espero que ese hijo de puta esté en California.

Sí, señor. Ya le entiendo.

Pero me huelo que no.

Yo también me lo huelo, señor.

Wendell. ¿Estás listo?

Wendell se inclinó para escupir. Sí, señor, dijo. Listo.

Miró a Torbert. Si te paran con ese tipo en el maletero les dices que no sabes nada de nada. Di que alguien debió de meterlo ahí mientras tú te tomabas un café.

Torbert asintió. ¿Tú y el sheriff vendréis a sacarme del corredor de la muerte?

Si no podemos sacarte, entraremos para hacerte compañía.

Menos bromas con los muertos, dijo Bell.

Wendell asintió. Sí, señor, dijo. Tiene usted razón. Yo también me moriré algún día.

Conduciendo por la 90 hacia el desvío de Dryden encontró un halcón muerto en la carretera. Vio moverse las plumas con el viento. Se detuvo en el arcén y bajó y retrocedió unos pasos y se puso en cuclillas y miró al ave. Le levantó un ala y la dejó caer. Los ojos fríos y amarillos levantados hacia la bóveda del cielo.

Era un águila colirroja. La levantó por la punta de un ala y la llevó a la zanja y la depositó en la hierba. Acechaban el asfalto, posadas en los postes de electricidad y vigilando la carretera varios kilómetros en ambas direcciones. Cualquier cosa pequeña que se arriesgara a cruzar. Cerniéndose a contraluz sobre la presa. Sin sombra. Absortas en la concentración del cazador. No quería que la aplastaran las camionetas.

Se quedó allí contemplando el desierto. Su quietud. Rumor de viento en los cables. Ambrosías altas junto a la carretera. Grama y sacahuista. Más allá en las acequias huellas de dragones. Las montañas de roca viva en sombras al último sol de la tarde y hacia el este la reluciente abscisa de la llanura bajo un cielo donde colgaban cortinas de lluvia oscuras como el hollín a todo lo largo del cuadrante. Es un dios que vive en silencio el que ha baldeado la tierra adyacente con sal y ceniza. Volvió al coche patrulla y se alejó de allí.

Cuando se detuvo delante de la oficina del sheriff en Sònora lo primero que vio fue la cinta amarilla que bloqueaba el aparcamiento. Una pequeña multitud. Se apeó y cruzó la calle.

¿Qué ha pasado, sheriff?

No lo sé, dijo Bell. Acabo de llegar.

Pasó bajo la cinta y subió los escalones del juzgado. Lamar levantó la vista cuando llamó a la puerta. Adelante, Ed Tom, dijo. Entra. Necesitaremos Dios y ayuda.

Salieron al jardín. Algunos de los hombres los siguieron.

Vayan pasando, dijo Lamar. El sheriff y yo tenemos que hablar un momento.

Se le veía demacrado. Miró a Bell y miró al suelo. Meneó la cabeza y apartó la vista. De chaval venía a jugar aquí al murreo. A este mismo lugar. Dudo que estos jovencitos de hoy sepan qué era eso. Ed Tom, estamos ante un maldito loco.

Y que lo digas.

¿Tienes alguna pista?

La verdad es que no.

Lamar apartó la vista. Se frotó los ojos con el dorso de la manga. Te diré una cosa. Ese hijo de puta no pisará un tribunal ni un solo día. Si le atrapo yo, desde luego que no.

Pues primero habrá que atraparlo.

Ese chico estaba casado.

No lo sabía.

Veintitrés años. Un joven la mar de sano. Honesto a carta cabal. Y ahora tengo que ir a su casa antes de que su mujer se entere por la maldita radio.

No te envidio, eso desde luego.

Creo que voy a colgar las botas, Ed Tom.

¿Quieres que te acompañe?

No. Te lo agradezco. He de irme.

Está bien.

Tengo la sensación de que estamos ante algo que no habíamos visto nunca.

Yo pienso lo mismo. Te llamaré esta tarde.

Gracias.

Bell le vio cruzar el jardín y subir a su oficina. Espero que no cuelgues las botas, dijo. Creo que vamos a necesitar todos los efectivos que sea posible.

Cuando pararon delante de la cafetería era la una y veinte de la mañana. Iban solo tres personas en el autobús.

Sanderson, anunció el conductor.

Moss avanzó por el pasillo. Había visto que el conductor le observaba por el retrovisor. Oiga, dijo. ¿Cree que podría dejarme en el Desert Aire? Tengo la pierna mal y vivo allí cerca pero no tengo a nadie que venga a recogerme.

El conductor cerró la puerta. Sí, dijo. Puedo dejarle allí.

Cuando entró ella se levantó rápidamente del sofá y fue a echarle los brazos al cuello. Creí que estabas muerto, dijo.

Ya ves que no, o sea que no lloriquees.

No lloriqueo.

Por qué no me preparas unos huevos con beicon mientras me ducho.

Deja que te vea ese corte. ¿Qué te ha pasado? ¿Dónde está la camioneta?

Necesito ducharme. Prepárame algo de comer. Mi estómago cree que me han cortado la garganta.

Cuando salió de la ducha llevaba puesto un calzón corto y cuando se sentó a la pequeña mesa de formica de la cocina lo primero que ella dijo fue: ¿Qué es eso que tienes detrás del brazo?

¿Cuántos huevos son?

Cuatro.

¿Hay más tostadas?

Dos más en la tostadora. ¿Qué es eso, Llewelyn?

¿Qué quieres saber?

La verdad.

Tomó un sorbo de café y echó sal a los huevos.

No me lo vas a contar, ¿verdad?

No.

¿Qué tienes en la pierna?

Me ha salido una erupción.

Ella untó de mantequilla la tostada recién hecha y la puso en el plato y se sentó en la silla de enfrente. Me gusta desayunar de noche, dijo él. Me recuerda mis tiempos de soltero.

¿Qué está pasando, Llewelyn?

Te diré lo que pasa, Carla Jean. Tienes que recoger tus cosas y estar lista para largarte tan pronto se haga de día. Lo que dejes aquí no volverás a verlo nunca de modo que si lo quieres no lo dejes. A las siete y cuarto sale un autobús. Quiero que vayas a Odessa y esperes allí hasta que yo pueda llamarte.

Ella se retrepó en la silla y le observó. Quieres que vaya a Odessa, dijo.

Exacto.

Me tomas el pelo, ¿verdad?

¿Yo? No, ni mucho menos. ¿Se ha terminado la confitura?

Ella se levantó y sacó la confitura de la nevera y la dejó en la mesa y se volvió a sentar. Él abrió el tarro y echó un poco en la tostada y la extendió con el cuchillo.

¿Qué hay en esa cartera que trajiste?

Ya te dije lo que había.

Dijiste que estaba llena de dinero.

Entonces supongo que eso es lo que hay dentro.

¿Dónde está?

Debajo de la cama, en el cuarto de atrás.

Debajo de la cama.

Sí.

¿Puedo ir a mirar?

Eres una mujer blanca y libre y mayor de edad, conque supongo que puedes hacer lo que quieras.

Aún no tengo veintiún años.

Bueno, pues los que tengas.

Y quieres que suba a un autobús y me vaya a Odessa.

Tú vas a subir a un autobús y te irás a Odessa.

¿Qué voy a decirle a mamá?

Prueba a llamar a la puerta y gritar: Mamá, estoy en casa.

¿Dónde tienes la camioneta?

Se acabó como se acaba todo. Nada dura para siempre.

¿Y cómo vamos a ir hasta la parada cuando amanezca?

Llama a la señorita Rosa. Siempre está mano sobre mano.

¿Qué has hecho, Llewelyn?

Robar el banco de Fort Stockton.

Eres un embustero de ya sabes qué.

Si no me vas a creer, ¿para qué preguntas? Date prisa en recoger las cosas. Tenemos unas cuatro horas hasta que se haga de día.

Déjame verte el brazo.

Ya lo has visto antes.

Deja que te ponga algo.

Sí, creo que había pomada para perdigones en el armarito si no se terminó. Ve a buscarla y deja de fastidiarme, ¿quieres? Estoy intentando comer.

¿Te han disparado?

No. Solo lo he dicho para pincharte. Anda, vete ya.

Cruzó el río Pecos al norte de Sheffield, Texas, y tomó la 349 rumbo al sur. Cuando llegó a la gasolinera de Sheffield era casi de noche. Un crepúsculo rojo con palomas cruzando la carretera en dirección sur hacia los depósitos de un rancho. Pidió cambio al dueño e hizo una llamada y llenó el depósito y volvió a entrar y pagó.

¿Les ha llovido por allí?, dijo el dueño.

¿Por allí, dónde?

He visto que era de Dallas.

Chigurh recogió el cambio del mostrador. ¿Y a usted qué le importa de dónde soy, amigo?

No quería meterme donde no me llaman.

No quería meterse donde no le llaman.

Solo era por pasar el rato.

E imagino que para un patán como usted eso es de buena educación.

Mire, señor. Ya me he disculpado. Si no acepta mis disculpas no sé qué más puedo hacer.

¿Cuánto valen?

¿Perdón?

Digo que cuánto valen.

Sesenta y nueve centavos.

Chigurh desdobló un billete de un dólar sobre el mostrador. El hombre lo metió en la caja registradora y apiló el cambio como un crupier las fichas. Chigurh no le había quitado el ojo de encima. El hombre apartó la vista. Tosió. Chigurh abrió el paquete de anacardos con los dientes y se echó en la mano una tercera parte de la bolsa y empezó a masticar.

¿Alguna cosa más?, dijo el hombre.

No lo sé. ¿Usted qué cree?

¿Ocurre algo?

¿Con qué?

Con lo que sea.

¿Es eso lo que me pregunta? ¿Si ocurre algo con lo que sea?

El hombre se volvió y se llevó el puño a la boca y volvió a toser. Miró a Chigurh y apartó la vista. Miró por el cristal de la entrada. Los surtidores y el coche allá fuera. Chigurh comió otro puñado de anacardos.

¿Alguna cosa más?

Eso ya lo ha preguntado.

Es que tendría que ir cerrando.

Ir cerrando.

Sí, señor.

¿A qué hora cierran?

Ahora. Cerramos ahora.

Eso no es ninguna hora. A qué hora cierran.

Normalmente al anochecer. Cuando anochece.

Chigurh se quedó masticando despacio. No sabe de qué está hablando, ¿verdad?

¿Perdón?

Digo que no sabe de qué está hablando.

Estoy hablando de cerrar, de eso.

¿A qué hora se acuesta?

¿Perdón?

Está un poco sordo, ¿no? Digo que a qué hora se acuesta.

Pues… más o menos a las nueve y media. Alrededor de las nueve y media.

Chigurh se echó más anacardos en la mano. Puedo volver luego, dijo.

Luego estará cerrado.

Bueno.

¿Para qué va a volver, si va a estar cerrado?

Eso lo dice usted.

Claro.

¿Vive en esa casa de ahí atrás?

Sí.

¿Ha vivido aquí toda su vida?

El dueño tardó un poco en responder. Esta era la casa del padre de mi mujer, dijo.

Parte de la dote.

Estuvimos viviendo muchos años en Temple, Texas. Formamos una familia, en Temple. Hace cuatro años que estamos aquí.

Era parte de la dote.

Si es así como quiere llamarlo…

Yo no lo llamo ni lo dejo de llamar. Así es como es.

Oiga, tengo que cerrar.

Chigurh vació la bolsa en la palma de su mano e hizo una pelota con la bolsa y la dejó sobre el mostrador. Permaneció extrañamente erguido, masticando.

Parece que pregunta usted mucho, dijo el dueño. Para ser alguien que no quiere decir de dónde viene.

¿Qué es lo máximo que ha visto perder a cara o cruz?

¿Perdón?

Digo que qué es lo máximo que ha visto perder a cara o cruz.

¿Cara o cruz?

Cara o cruz.

No sé. La gente no suele apostar a cara o cruz. Normalmente se usa para decidir algo.

¿Y cuál es la cosa más importante que ha visto decidir así?

No sé.

Chigurh sacó de su bolsillo una moneda de veinticinco centavos y la mandó de un capirotazo hacia el resplandor azulado de los fluorescentes. La cazó al vuelo y la estampó plana en su brazo, más arriba del vendaje ensangrentado. Diga, dijo.

¿Que diga?

Sí.

¿Para qué?

Usted diga.

Tengo que saber qué está en juego.

¿Cambiaría eso algo?

El hombre le miró a los ojos por primera vez. Azules como lapislázuli. Brillantes y a la vez completamente opacos. Como piedras mojadas. Tiene que decidirse, dijo Chigurh. Yo no puedo hacerlo por usted. No sería justo. Ni correcto siquiera. Vamos, diga.

Yo no he apostado nada.

Claro que sí. Lo ha estado haciendo toda su vida. Solo que no se ha enterado. ¿Sabe qué fecha lleva esta moneda?

No.

Mil novecientos cincuenta y ocho. Ha viajado veintidós años para llegar hasta aquí. Y ahora está aquí. Y yo también. Y tengo la mano encima. Y solo puede ser cara o cruz. Y a usted le toca decidir. Vamos.

No sé qué es lo que puedo ganar.

La cara del hombre brillaba ligeramente perlada de sudor bajo la luz azulina. Se pasó la lengua por el labio superior.

Todo, dijo Chigurh. Puede ganarlo todo.

No entiendo una palabra, caballero.

Decídase.

Que sea cara.

Chigurh apartó la mano de la moneda. Giró un poco el brazo para que el hombre la viera. Bien hecho, dijo.

Cogió la moneda apoyada en la muñeca y se la entregó.

¿Qué hago con esto?

Tómela. Es su moneda de la suerte.

No la necesito.

Por supesto que sí. Cójala.

El hombre cogió la moneda. Ahora tengo que cerrar, dijo.

No se la guarde en el bolsillo.

¿Perdón?

No se la guarde en el bolsillo.

¿Dónde quiere que la guarde?

En el bolsillo no. No sabrá en cuál la ha metido.

Está bien.

Cualquier cosa puede ser un instrumento, dijo Chigurh. Cosas pequeñas, cosas en las que uno no se fija. Pasan de mano en mano. La gente no presta atención. Y un buen día se pasan cuentas. Y a partir de entonces ya nada es igual. Bueno, piensa uno. Es solo una moneda. Por ejemplo. Nada especial. ¿De qué podría ser instrumento? Ese es el problema. Disociar el acto de la cosa. Como si los elementos de cierto momento de la historia pudieran intercambiarse con los de otro momento distinto. ¿Cómo es posible? Vaya, si es solo una moneda. Sí. Es verdad. ¿No?

Chigurh ahuecó la mano y recogió el cambio del mostrador y se metió las monedas en el bolsillo y dio media vuelta y fue hacia la puerta. El dueño le vio marchar. Le vio subir al coche. El coche se alejó de la explanada y tomó la carretera hacia el sur. Sin encender las luces. Dejó la moneda sobre el mostrador y la miró. Puso ambas manos en el mostrador y se quedó allí apoyado con la cabeza gacha.

Cuando llegó a Dryden eran cerca de las ocho. Se quedó en el coche en el cruce delante de la tienda de comestibles con las luces apagadas y el motor en marcha. Luego encendió las luces y tomó la carretera 90 en dirección este.

Cuando descubrió las líneas blancas que bordeaban la calzada parecían marcas de topógrafo pero no había números, solo las rayas en forma de «v». Comprobó el kilometraje en el cuentakilómetros y condujo un trecho más y aminoró la marcha y se desvió de la carretera. Apagó las luces y dejó el motor en marcha y se apeó del coche y fue hasta la verja y la abrió. Volvió a montar y pasó sobre el guardaganado y se apeó y cerró la verja de nuevo y se quedó a la escucha. Luego subió al coche y condujo por la pista llena de roderas.

Siguió la cerca hacia el sur, con el Ford bamboleándose sobre los baches. La cerca era un mero vestigio, tres cables tendidos entre postes de mezquite. Al cabo de un kilómetro y medio llegó a una gravera donde un Dodge Ramcharger estaba aparcado mirando hacia él. Condujo despacio hasta allí y paró el motor.

Las ventanas del Ramcharger eran tintadas y tan oscuras que parecían negras. Chigurh abrió la puerta y se apeó. Un hombre bajó por el lado del copiloto del Dodge y echó el asiento hacia delante y subió a la parte de atrás. Chigurh rodeó el vehículo y montó y cerró la puerta. En marcha, dijo.

¿Has hablado con él?, dijo el conductor.

No.

¿No sabe lo que ha pasado?

No. Vamos.

Cruzaron el desierto en la oscuridad.

¿Cuándo piensas decírselo?, preguntó el conductor.

En cuanto sepa qué es lo que le voy a decir.

Cuando llegaron a la camioneta de Moss, Chigurh se inclinó para observarla.

¿Es su camioneta?

Sí. La matrícula no está.

Para aquí. ¿Tienes un destornillador?

Mira dentro de la guantera.

Chigurh bajó con el destornillador y se acercó a la camioneta y abrió la puerta. Hizo palanca para separar la placa metálica de inspección del interior de la puerta y se la metió en el bolsillo y regresó y subió al coche y devolvió el destornillador a la guantera. ¿Quién rajó los neumáticos?, dijo.

Nosotros no.

Chigurh asintió con la cabeza. Vamos, dijo.

Aparcaron a cierta distancia de las camionetas y bajaron a ver. Chigurh se quedó allí un buen rato. Hacía frío en el gredal y él no llevaba chaqueta pero no parecía notarlo. Los otros dos permanecieron a la espera. Chigurh tenía una linterna en la mano y la encendió y caminó entre las camionetas y examinó los cadáveres. Los dos hombres le siguieron a poca distancia.

¿De quién era el perro?, dijo Chigurh.

No lo sabemos.

Se quedó mirando al hombre desplomado sobre la consola del Bronco. Dirigió la linterna hacia el espacio de carga detrás de los asientos.

¿Dónde está la caja?, dijo.

En la camioneta. ¿La quieres?

¿Has conseguido algo?

No.

¿Nada?

Ni un pitido.

Chigurh miró detenidamente al muerto. Lo movió con la linterna.

Ese ya está criando malvas, dijo uno de los hombres.

Chigurh guardó silencio. Se apartó de la camioneta y contempló la *bajada* al claro de luna. Quietud absoluta. El hombre del Bronco no llevaba muerto tres días. Se sacó la pistola que llevaba metida en la cintura del pantalón y dio media vuelta encarando a los dos hombres que aguardaban de pie y les disparó una vez a cada uno en la cabeza de un rápido movimiento y volvió a guardarse el arma. El segundo hombre había llegado a girar a medias para mirar al primero mientras caía. Chigurh se situó entre los dos y se inclinó y le quitó la sobaquera al segundo de ellos y agarró la Glock de nueve milímetros que llevaba y regresó al vehículo y encendió el motor e hizo marcha atrás para dar la vuelta y dejó atrás la *caldera* camino de la carretera.

3

Yo no sé si las fuerzas del orden se benefician tanto como se dice de las nuevas tecnologías. Las herramientas que llegan a nuestras manos llegan también a las de ellos. No hay vuelta de hoja. Ni que uno quisiera. En aquel tiempo usábamos radioteléfonos Motorola. Desde hace ya unos años tenemos banda alta. Algunas cosas no han cambiado. El sentido común no ha cambiado. A veces les digo a mis ayudantes que se guíen por las migas. Todavía me gustan los viejos Colt. Calibre 44-40. Si con eso no los paras más te vale tirar la pistola y echar a correr. Me gusta el viejo Winchester modelo 97. Me gusta que lleve percutor. Odio tener que buscar el seguro del arma. Algunas cosas son peores, por supuesto. Ese coche patrulla mío tiene siete años. Lleva el número 454. Ya no hacen motores así. Conduje uno de los nuevos. No adelantabas ni a un caracol. Le dije al tipo que me quedaba con el que tenía. Eso no siempre es buena política, pero tampoco es siempre mala.

Hay otra cosa que no sé. La gente me lo pregunta muy a menudo. Yo creo que no la descartaría del todo. No es algo que quisiera ver otra vez. Presenciarlo. Los que deberían estar en el corredor de la muerte nunca estarán allí. Eso me consta. Uno guarda ciertos recuerdos de una cosa así. La gente no sabía qué ponerse. Hubo uno o dos que fueron vestidos de negro, lo cual supongo que estaba bien. Algunos se presentaron en mangas de camisa y eso me molestó un poco. No sabría decir por qué.

Pero parecían saber lo que tenían que hacer, cosa que me sorprendió. La mayoría sé que no habían estado nunca en una ejecución.

Cuando terminó corrieron una cortina alrededor de la cámara de gas con el tipo desplomado en la silla y la gente se levantó y empezó a desfilar. Como quien sale de la iglesia. Me pareció peculiar. Lo era, qué caramba. Yo diría que fue el día más raro de toda mi vida.

Bastante gente no creía en eso. Incluso los mismos que trabajaban en el corredor. Os quedaríais sorprendidos. Algunos antiguamente sí creían. Ves a alguien cada día a lo mejor durante años y luego un día lo llevas al fondo del pasillo y le das muerte. Vaya. Eso le quita casi a cualquiera las ganas de reír. No importa quién sea. Y naturalmente algunos de los chicos no eran muy listos. El capellán Pickett me habló de uno al que había atendido, el tipo hizo su última comida e incluso pidió postre, fuera cual fuese. Y llegó la hora y Pickett le preguntó si no quería comerse el postre y el tipo le dijo que se lo guardaba para cuando volviera. No sé qué decir a eso. Pickett tampoco supo.

Nunca tuve que matar a nadie, de lo cual me alegro mucho. Algunos de los sheriffs de antaño ni siquiera llevaban un arma de fuego. A mucha gente le cuesta creerlo pero es un hecho. Jim Scarborough nunca iba armado. Me refiero a Jim el joven. Gaston Boykins nunca iba armado. Allá en el condado de Comanche. Siempre me gustó oír hablar de los veteranos. Aprovechaba cualquier oportunidad. El interés que los sheriffs de antaño tenían por su gente se ha diluido un poco. Eso se nota aunque no quieras. El negro Hoskins se sabía de memoria el teléfono de toda la gente del condado de Bastrop.

Es extraño si uno lo piensa bien. Por todas partes hay oportunidades para delinquir. La constitución del estado de Texas no establece ningún requisito para ser sheriff. Ni uno solo. No existen leyes de condado. Un cargo que te confiere casi tanta autoridad como Dios y para el cual no se exige ningún requisito y que consiste en preservar unas leyes inexistentes, ya me diréis si eso es o no es peculiar. Porque yo digo que lo es. ¿Funciona? Sí. El noventa por ciento de las veces. Gobernar a los buenos cuesta muy poco. Poquísimo. Y a los malos no hay modo de gobernarlos. Al menos que yo sepa.

El autobús se detuvo en Fort Stockton a las nueve menos cuarto y Moss se levantó y bajó su bolsa de la rejilla y cogió el maletín que había dejado en el asiento y se la quedó mirando.

No subas a un avión con eso, dijo ella. Te meterán en la cárcel.

Mi madre no crió hijos ignorantes.

¿Cuándo me vas a llamar?

Dentro de unos días.

Está bien.

Cuídate.

Tengo malos presentimientos, Llewelyn.

Pues yo los tengo buenos. Así queda igualada la cosa.

Ojalá.

Solo podré llamarte desde una cabina.

Lo sé. Pero llama.

Descuida. Deja de preocuparte por todo.

Llewelyn.

Qué.

Nada.

Qué pasa.

Nada. Solo quería decirlo.

Cuídate.

¿Llewelyn?

Qué.

No hagas daño a nadie, ¿me oyes?

Se quedó de pie con la bolsa al hombro. No puedo prometer nada, dijo. Así es como uno sale malparado.

Bell acababa de tomar el primer bocado de su cena cuando sonó el teléfono. Bajó el tenedor. Ella había empezado a retirar la silla pero él se limpió la boca con la servilleta y se levantó. Ya voy yo, dijo.

Bueno.

¿Cómo diablos saben que estás comiendo? Nosotros nunca cenamos tan tarde.

No empieces a maldecir, dijo ella.

Levantó el teléfono. Sheriff Bell, dijo.

Escuchó un rato. Luego dijo: Voy a terminar de cenar. Nos veremos ahí dentro de unos cuarenta minutos. Deje encendidas las luces de su unidad.

Colgó y volvió a la mesa y se sentó y cogió la servilleta y se la puso en el regazo y agarró el tenedor. Alguien ha dado parte de un coche en llamas, dijo. A este lado de Lozier Canyon.

¿Qué crees que será?

Bell meneó la cabeza.

Siguió comiendo. Apuró su café. Acompáñame, dijo.

Voy a por el abrigo.

Dejaron la carretera al llegar a la verja y pasaron por encima del guardaganado y aparcaron detrás de la unidad de Wendell. Wendell fue a su encuentro y Bell bajó la ventanilla.

Es a menos de un kilómetro, dijo Wendell. Síganme.

Lo veo.

Sí, señor. Hace como una hora estaba ardiendo de mala manera. La gente que dio parte lo vio desde la carretera.

Aparcaron a cierta distancia y se apearon y se lo quedaron mirando. Notabas el calor en la cara. Bell rodeó su coche y abrió la puerta y ofreció la mano a su mujer. Ella se apeó y se quedó con los brazos cruzados al frente. Había una pickup aparcada un poco más lejos y dos hombres de pie dentro del resplandor rojo. Hicieron un gesto con la cabeza y saludaron al sheriff.

Podíamos haber traído unos botes, dijo ella.

Sí. Hay malvavisco.

Quién diría que un coche puede arder de esa manera.

Quién lo diría, sí. ¿Habéis visto algo?

No, señor. Solo el fuego.

¿No ha pasado nadie ni nada?

No, señor.

Wendell, ¿dirías que es un Ford del setenta y siete?

Podría ser.

Me parece que sí.

¿Era eso lo que conducía ese tipo?

Sí. Matrícula de Dallas.

No era su día, ¿verdad, sheriff?

Desde luego que no.

¿Por qué le habrán prendido fuego?

No lo sé.

Wendell se volvió para escupir. Dudo que ese tipo pensara que iba a pasarle esto cuando salió de Dallas, ¿verdad?

Bell asintió con la cabeza. Yo diría que es lo último que se le habría pasado por la cabeza.

Cuando llegó por la mañana a la oficina el teléfono estaba sonando. Torbert no había vuelto aún. Por fin llamó a las nueve y media y Bell envió a Wendell a buscarlo. Luego se sentó con los pies sobre la mesa mirándose las botas. Así estuvo un rato. Luego cogió el móvil y llamó a Wendell.

¿Dónde estás?

Acabo de pasar Sanderson Canyon.

Da media vuelta y ven para acá.

De acuerdo. ¿Qué hacemos con Torbert?

Llámale y dile que no se mueva de allá. Iré yo a buscarlo esta tarde.

Sí, señor.

Ve a casa y pídele las llaves a Loretta y engancha el remolque de los caballos. Ensilla mi caballo y el de Loretta y cárgalos. Te veré allí dentro de una hora aproximadamente.

Sí, señor.

Colgó el micro y se levantó y fue a inspeccionar las celdas.

Pasaron en coche por la verja y la cerraron otra vez y siguieron paralelos al cercado unos treinta metros y aparcaron. Wendell abrió las puertas del remolque y sacó a los caballos. Bell cogió las riendas del de su mujer. Tú monta a Winston, dijo.

¿Está seguro?

Segurísimo. Si algo le pasara al caballo de Loretta no me gustaría estar en la piel del tipo que estuviera encima.

Le pasó a Wendell uno de los rifles a palanca que había llevado consigo y montó en la silla y se ciñó el sombrero. ¿Listo?, dijo.

Cabalgaron uno al lado del otro. Hemos pasado en coche por encima de las huellas que dejaron pero se veía de qué eran, dijo Bell. Neumáticos grandes de todoterreno.

Cuando llegaron al coche ya solo era un montón de hierros carbonizados.

Tenía usted razón con lo de la matrícula, dijo Wendell. Pero no respecto a los neumáticos.

¿Y eso?

Dije que aún estarían ardiendo.

El coche se encontraba en lo que parecían cuatro charcos de alquitrán, las ruedas envueltas en una maraña de alambres renegridos. Siguieron adelante. Bell señalaba el suelo de vez en cuando. Se distinguen las huellas de día de las de noche, dijo. Conducían por aquí sin luces. ¿Ves lo torcida que es la huella? Como si apenas pudieras ver delante de ti para esquivar unas matas. O que pudieras dejar un rastro de pintura en una roca como esa de allá.

En un trecho de arena descabalgó y dio unos pasos y luego miró hacia el sur. Son idénticos neumáticos los que van y los que vienen. Las huellas están hechas casi a la misma hora. Se ven los surcos a simple vista. La dirección que llevan. Yo diría que hicieron el mismo trayecto dos o tres veces.

Wendell permaneció montado con las manos cruzadas sobre la gruesa perilla de cuerda. Se inclinó para escupir. Miró hacia el sur imitando al sheriff. ¿Qué cree usted que vamos a encontrar por aquí?, dijo.

No lo sé, dijo Bell. Puso el pie en el estribo y subió ágilmente a la silla y espoleó al pequeño caballo. No lo sé, repitió. Pero no puedo decir que tenga muchas ganas de encontrarlo.

Cuando llegaron a la camioneta de Moss el sheriff la miró sin desmontar y luego la rodeó lentamente. Ambas puertas estaban abiertas.

Alguien ha arrancado la placa del interior de la puerta, dijo.

Los números están en el bastidor.

Sí. No creo que la arrancaran por eso.

Conozco la camioneta.

Yo también.

Wendell se inclinó para acariciar el pescuezo del caballo. Es de un tal Moss.

Ya.

Bell guió al caballo hacia la trasera de la camioneta y giró el caballo hacia el sur y luego miró a Wendell. ¿Sabes dónde vive?

No, señor.

Está casado, ¿verdad?

Creo que sí.

El sheriff se quedó mirando la camioneta. Se me ocurre que sería curioso que el chico llevara dos o tres días desaparecido y nadie hubiera dicho nada.

Bastante curioso.

Bell dirigió la vista hacia la *caldera*. Creo que estamos ante algo gordo.

Y que lo diga, sheriff.

¿Crees que el chico ese es camello?

No sé. Yo diría que no.

Yo también. Vayamos a echar un vistazo al resto.

Cabalgaron hacia la *caldera* con los Winchester a punto sobre el fuste de la silla. Espero que no esté muerto, dijo Bell. Me pareció un tipo decente las dos o tres veces que le vi. La mujer era guapa.

Dejaron atrás los cadáveres tendidos en el suelo y se detuvieron y soltaron las riendas. Los caballos estaban nerviosos.

Llevemos los caballos un poco más lejos, dijo Bell. No tienen por qué ver esto.

Sí, señor.

Cuando Wendell volvió Bell le entregó dos carteras que había cogido de los cadáveres. Miró hacia las camionetas.

Estos dos no hace mucho que han muerto, dijo.

¿De dónde son?

De Dallas.

Le pasó a Wendell una pistola que había recogido y luego se puso en cuclillas y se apoyó en el rifle que llevaba. A estos dos los han ejecutado, dijo. Uno de los suyos, yo diría. Este pobre no llegó a quitarle el seguro a la pistola. A los dos les dispararon entre los ojos.

¿El otro no iba armado?

El asesino pudo quitarle el arma. O tal vez no llevaba ninguna encima.

Mala manera de ir a un tiroteo.

Mala.

Caminaron entre las camionetas. Esos hijoputas son realmente sanguinarios, dijo Wendell.

Bell le miró.

Sí, dijo Wendell. Supongo que no está bien maldecir a los muertos.

Yo diría que al menos no trae buena suerte.

No son más que unos narcos mexicanos.

Eran. Ya no son.

No sé si le entiendo.

Solo digo que fueran lo que fuesen ahora no son más que muertos.

Lo consultaré con la almohada.

El sheriff inclinó hacia delante el asiento del Bronco y miró en la parte de atrás. Se humedeció el dedo y presionó con él la moqueta y sacó el dedo a la luz. Aquí detrás había droga mexicana de la marrón.

De la que ya no hay, ¿verdad?

De la que ya no hay.

Wendell se puso en cuclillas y examinó el suelo al pie de la puerta. Parece que aquí hay un poco más. Podría ser que alguien hubiera cortado uno de los paquetes. Para ver lo que había dentro.

Quizá estaba comprobando la calidad. Antes de cerrar el negocio.

No hubo negocio. Se mataron unos a otros.

Bell asintió con la cabeza.

Incluso puede que no hubiera dinero.

Es posible.

Pero usted no lo cree.

Bell lo meditó. No, dijo. Probablemente no.

Aquí hubo otra refriega.

Sí, dijo Bell. Como mínimo.

Se levantó y echó el asiento hacia atrás. A este sujeto también le dispararon entre los ojos.

Pues sí.

Rodearon la camioneta. Bell señaló.

Eso es de una ametralladora, la ráfaga recta de ahí.

Yo diría que sí. ¿Y qué cree que le pasó al conductor?

Probablemente es uno de los que están tirados en la hierba.

Bell había sacado su pañuelo y se lo colocó sobre la nariz y estiró el brazo para recoger del suelo unos casquillos de latón y miró los números estampados en la base.

¿De qué calibres son, sheriff?

Nueve milímetros. Un par de ACP del calibre cuarenta y cinco.

Tiró las vainas al suelo y retrocedió unos pasos y agarró el rifle que había dejado apoyado en el vehículo. Alguien disparó contra esto con una escopeta, por lo que parece.

¿Diría que esos agujeros son lo bastante grandes?

No creo que sean doble cero. Más bien perdigón del número cuatro.

Matarás dos pájaros de un tiro.

Por decirlo de alguna manera. Si quieres despejar una calle, esa es una buena manera de hacerlo.

Wendell miró a su alrededor. Uno o varios se fueron de aquí a pie, dijo.

Eso parece.

¿Cómo es que los coyotes no han tocado los cuerpos?

Bell meneó la cabeza. No lo sé, dijo. Supuestamente no comen mexicanos.

Esos de ahí no son mexicanos.

Es verdad.

Esto debía de parecer Vietnam.

Vietnam, dijo el sheriff.

Pasaron entre las camionetas, Bell cogió varios casquillos más y los miró y los tiró al suelo otra vez. Encontró un cargador de plástico azul. Se quedó contemplando la escena. Te diré algo, dijo.

Adelante.

No tiene ninguna lógica que al último hombre no lo hiriesen siquiera.

Creo que estoy de acuerdo.

Podríamos ir a por los caballos, seguir un trecho y echar un vistazo. Puede que encontremos huellas.

No es mala idea.

¿Puedes decirme qué pintaba un perro aquí en medio?

No tengo ni idea.

Cuando encontraron al muerto en las rocas como a dos kilómetros al nordeste Bell permaneció montado en el caballo de su mujer. Se quedó así largo rato.

¿Qué está pensando, sheriff?

El sheriff meneó la cabeza. Desmontó y fue a donde yacía el muerto. Caminó alrededor con el rifle sobre la nuca y los hombros. Se puso en cuclillas y examinó la hierba.

¿Otra ejecución, sheriff?

No, creo que este murió de causa natural.

¿De causa natural?

Natural para el tipo de trabajo que hacía.

No va armado.

No.

Wendell se inclinó para escupir. Alguien ha estado aquí antes que nosotros.

Eso diría yo.

¿Cree que llevaba el dinero encima?

Yo diría que es lo más probable.

Entonces no hemos encontrado aún al último hombre, ¿verdad?

Bell no dijo nada. Se incorporó y contempló lentamente la zona.

Un auténtico lío, ¿eh, sheriff?

Si no lo es lo será cuando el lío se presente.

Cabalgaron de nuevo por la parte alta de la *caldera*. Se detuvieron sin desmontar y avistaron la camioneta de Moss allá abajo.

¿Y dónde supone que estará ese chico?, dijo Wendell.

No lo sé.

Me imagino que dar con su paradero es una de las primeras cosas de la lista.

El sheriff asintió. Una de las primeras, dijo.

Volvieron al pueblo y el sheriff mandó a Wendell a la casa con la camioneta y el remolque.

No te olvides de llamar a la puerta de la cocina y dar las gracias a Loretta.

Descuide. De todos modos he de devolverle las llaves.

El condado no le paga por usar su caballo.

Entiendo.

Bell llamó a Torbert por el móvil. Ahora voy para allá, dijo. No te muevas.

Cuando paró delante de la oficina de Lamar vio que el jardín del juzgado estaba acordonado todavía. Torbert esperaba en los escalones. Se levantó y caminó hacia el coche.

¿Te encuentras bien?, dijo Bell.

Sí, señor.

¿Dónde está el sheriff Lamar?

De servicio.

Fueron hacia la carretera principal. Bell le contó a su ayudante lo de la *caldera*. Torbert escuchó en silencio. Iba mirando por la ventanilla. Al cabo de un rato dijo: Tengo el informe de Austin.

Qué dicen.

Poca cosa.

¿Con qué le dispararon?

No lo saben.

¿Que no lo saben?

No, señor.

¿Cómo es posible que no lo sepan? No había orificio de salida.

Sí, señor. Eso lo reconocieron sin reserva.

¿Lo reconocieron sin reserva?

Sí, señor.

Bueno, Torbert. Entonces, ¿qué diablos han dicho?

Que tenía una herida en la frente supuestamente producida por una bala de gran calibre y que la antedicha herida había atravesado el cráneo penetrando unos siete centímetros en el lóbulo frontal del cerebro pero que dentro no había ninguna bala.

La antedicha herida.

Sí, señor.

Bell tomó la interestatal. Tamborileó en el volante con los dedos. Miró a su ayudante.

Lo que me explicas no tiene sentido, Torbert.

Eso les he dicho yo a ellos.

¿A lo que respondieron?

Nada. Nos van a mandar el informe vía FedEx. Radiografías y todo. Dijeron que lo tendría usted en su oficina mañana por la mañana.

Continuaron en silencio. Al cabo de un rato Torbert dijo: Este asunto es de lo más morrocotudo, ¿verdad, sheriff?

Lo es.

¿Cuántos cadáveres en total?

Buena pregunta. No sé si los he llegado a contar. Ocho. Nueve con el ayudante Haskins.

Torbert observó atentamente la región que se extendía a su alrededor. Las sombras alargadas en la carretera. ¿Quién diablos es esta gente?, dijo.

No lo sé. Yo solía decir que eran los mismos a los que nos habíamos enfrentado siempre. Los mismos a los que se enfrentó mi abuelo. En aquel entonces robaban ganado. Ahora trafican con droga. Pero ya no lo veo tan claro. Me pasa lo que a ti. No estoy seguro de que hayamos visto nada igual. Gente de esta clase. Y ni siquiera sé cómo llevar todo esto. Si los mataras a todos tendrían que construir un anexo en el infierno.

Chigurh llegó al Desert Aire poco después de las doce y aparcó muy cerca del remolque de Moss y apagó el motor. Se apeó del vehículo y atravesó el patio de tierra y subió los escalones y llamó con los nudillos a la puerta de aluminio. Esperó. Llamó de nuevo. Se dio media vuelta de espaldas al remolque y observó el pequeño parque de caravanas. Nada se movía. Ni siquiera un perro. Giró de nuevo y apoyó la muñeca en la cerradura de seguridad y reventó el cilindro con el perno de acero al cobalto de la pistola de aire comprimido y abrió la puerta y entró y la cerró tras él.

Se quedó de pie con el revólver del ayudante en la mano. Miró en la cocina. Miró en el dormitorio. Cruzó el dormitorio y empujó la puerta del cuarto de baño y entró en la segunda habitación. Ropa por el suelo. La puerta del armario abierta. Abrió el cajón superior de la cómoda y lo cerró. Volvió a meterse la pistola por el cinturón y la cubrió con los faldones de la camisa y fue de nuevo a la cocina.

Abrió el frigorífico y sacó un envase de leche y lo abrió y bebió después de olerlo. Se quedó con el envase en la mano mientras miraba por la ventana. Bebió otra vez y volvió a meter la leche en la nevera y cerró la puerta.

Fue a la sala de estar y se sentó en el sofá. Encima de la mesa había un televisor de veintiuna pulgadas en perfecto estado. Se miró en la pantalla gris apagada.

Se levantó y recogió la correspondencia del suelo y volvió a sentarse y la hojeó. Dobló tres de los sobres y se los guardó en el bolsillo de la camisa y luego se levantó y salió del remolque.

Condujo hasta la oficina y aparcó delante y entró. Usted dirá, dijo la mujer.

Estoy buscando a Llewelyn Moss.

Ella le miró detenidamente. ¿Ha ido al remolque?

Vengo de allí.

Entonces será que está en el trabajo. ¿Quiere dejarle algún mensaje?

¿Dónde trabaja?

No estoy autorizada a dar información sobre nuestros residentes, señor.

Chigurh echó un vistazo a la pequeña oficina de contrachapado. Miró a la mujer.

Dónde trabaja.

¿Perdón?

Digo que dónde trabaja.

¿Es que no me ha oído? No podemos dar información.

Se oyó tirar una cadena de váter. Sonó un pestillo. Chigurh volvió a mirar a la mujer. Luego salió y montó en el Ramcharger y partió.

Paró en el bar y sacó los sobres del bolsillo y los desdobló para abrirlos y leyó las cartas que había dentro. Examinó las hojas de la factura del teléfono. Había llamadas a Del Rio y a Odessa.

Entró y pidió cambio y fue a la cabina y marcó el número de Del Rio pero no contestó nadie. Llamó al número de Odessa y una mujer se puso y Chigurh preguntó por Llewelyn. La mujer le dijo que no estaba.

He intentado localizarlo en Sanderson, pero creo que ya no está allí.

Hubo un silencio. Al cabo la mujer dijo: Yo no sé dónde está. ¿Quién es?

Chigurh colgó el teléfono y fue hasta el mostrador y se sentó y pidió un café. ¿Ha venido Llewelyn por aquí?, dijo.

Cuando paró delante del garaje había dos hombres sentados de espaldas a la pared del edificio almorzando. Entró. Sentado a la mesa un hombre tomaba café y escuchaba la radio. Señor, dijo.

Estoy buscando a Llewelyn.

Aquí no está.

¿A qué hora cree que vendrá?

No lo sé. No se ha presentado por aquí de modo que sé tan poco como usted. Inclinó ligeramente la cabeza. Como si quisiera mirar a Chigurh desde otro ángulo. ¿Puedo ayudarle en algo?

Creo que no.

Salió y se quedó de pie en el viejo pavimento manchado de gasolina. Miró a los dos que estaban en un extremo del edificio.

¿Saben dónde está Llewelyn?

Negaron ambos con la cabeza. Chigurh montó en el Ramcharger y arrancó y volvió al pueblo.

El autobús llegó a Del Rio a primera hora de la tarde y Moss cogió su equipaje y bajó. Fue andando hasta la parada de taxis y abrió la puerta trasera del taxi que había allí aparcado y montó. Lléveme a un motel, dijo.

El taxista le miró por el retrovisor. ¿Alguno en especial?

No. Que sea barato.

Fueron hasta un establecimiento llamado Trail Motel y Moss se apeó con la bolsa y el maletín y pagó al taxista y entró en la oficina. Había una mujer mirando la televisión. La mujer se levantó y se situó tras el mostrador.

¿Tiene alguna habitación libre?

Más de una. ¿Cuántas noches?

No lo sé.

Tenemos una tarifa semanal, por eso lo pregunto. Treinta y cinco dólares más uno setenta y cinco de impuestos. Treinta y seis con setenta y cinco.

Treinta y seis con setenta y cinco.

Sí, señor.

Por una semana.

Sí, señor. Una semana.

¿Es la mejor tarifa que tiene?

Sí, señor. En tarifa semanal no hacemos descuentos.

Entonces prefiero alquilarla por días.

Está bien.

Cogió la llave y fue a la habitación y entró y cerró la puerta y dejó el equipaje encima de la cama. Corrió las cortinas y se quedó mirando por entre ellas el miserable patio. Quietud absoluta. Pasó la cadena de la puerta y se sentó en la cama. Abrió la cremallera de la bolsa de lona y sacó la automática y la dejó sobre la colcha y se tumbó al lado.

Despertó a media tarde. Se quedó en la cama mirando el sucio techo de fibrocemento. Se incorporó y se quitó las botas y los calcetines y se examinó los vendajes de los talones. Entró en el baño y se miró en el espejo y se quitó la camisa y examinó la parte posterior de su brazo. Estaba descolorido desde el hombro hasta el codo. Volvió a la habitación y se sentó de nuevo en la cama. Miró el arma. Al cabo de un rato se subió a la mesa de madera mala y con el filo de su navaja empezó a desenroscar la rejilla del conducto de ventilación, metiéndose los tornillos en la boca uno a uno. Retiró la rejilla y la dejó sobre la mesa y se puso de puntillas y miró por el conducto.

Cortó un trozo de cordel de la persiana y anudó el extremo del cordel al maletín. Luego abrió el maletín y contó mil dólares y dobló los billetes y se los guardó en el bolsillo y cerró el maletín y lo aseguró con las correas.

Sacó la varilla de colgar la ropa del armario, dejando en el suelo las perchas metálicas, y volvió a subirse a la mesa e introdujo el maletín en el conducto hasta donde le llegó el brazo. Apenas cabía. Cogió la varilla y empujó de nuevo hasta que apenas pudo alcanzar el extremo de la cuerda. Volvió a instalar la rejilla polvorienta y colocó los tornillos y se bajó de la mesa y entró en el baño y se dio una ducha. Cuando salió fue a tumbarse en la cama en calzoncillos y con la colcha de felpilla se tapó él y tapó la pistola ametralladora que descansaba a su lado. Quitó el seguro. Luego se durmió.

Cuando despertó ya había oscurecido. Sacó las piernas por el borde de la cama y se quedó sentado escuchando. Luego se levantó y fue a la ventana y retiró un poco la cortina y miró al exterior. Sombras densas. Silencio. Nada.

Se vistió y metió el arma debajo del colchón sin poner el seguro y alisó el cobertor y se sentó en la cama y cogió el teléfono para llamar a un taxi.

Tuvo que pagar al taxista diez dólares extra para que lo llevara a Ciudad Acuña, al otro lado del puente. Paseó por las calles mirando escaparates. La noche era suave y cálida y en la pequeña *alameda* unos zanates estaban posados en los árboles llamándose unos a otros. Entró en una tienda de botas y miró las más exóticas –de cocodrilo, avestruz y elefante– pero la calidad del calzado estaba muy lejos de las Larry Mahans que llevaba. Entró en una *farmacia* y compró una lata de vendas y se sentó en el parque y se vendó los pies en carne viva. Sus calcetines estaban ya ensangrentados. En la esquina un taxista le preguntó si quería ir a ver a las chicas y Moss levantó la mano para que viera el anillo que llevaba y siguió caminando.

Comió en un restaurante con manteles blancos y camareros con chaqueta blanca. Pidió un vaso de vino tinto y un bistec. Era temprano y no había más comensales que él. Probó el vino y cuando llegó el filete empezó a cortarlo y masticó despacio y pensó en su vida.

Llegó al motel poco después de las diez y empezó a contar el dinero de la carrera con el taxi al ralentí. Le pasó los billetes al taxista e hizo ademán de salir pero no lo hizo. Se quedó sentado con la mano en el tirador de la puerta. Lléveme hasta el otro lado, dijo.

El taxista puso la primera. ¿Qué habitación?, dijo.

Usted dé la vuelta. Quiero ver si hay alguien.

Pasaron despacio frente a su habitación. Había una abertura en las cortinas que estaba seguro de no haber dejado al salir. Difícil de saber. No tanto. El taxi pasó lentamente de largo. No había coches en el aparcamiento que no estuvieran antes. Continúe, dijo.

El taxista le miró por el retrovisor.

Siga, dijo Moss. No se detenga.

Oiga, amigo, no quisiera meterme en ningún lío.

Usted siga.

Será mejor que le deje aquí y así no discutiremos.

Quiero que me lleve a otro motel.

Digamos que no me debe nada.

Moss se inclinó hacia delante y le pasó un billete de cien por encima del asiento. Ya está metido en un lío, dijo. Intento sacarle de él. Lléveme a un motel, haga el favor.

El taxista cogió el billete y se lo metió en el bolsillo de la camisa y dio la vuelta y salió a la calle.

Moss pasó la noche en el Ramada Inn de la carretera y por la mañana bajó a desayunar en el salón comedor y leyó el periódico. Luego se quedó allí sentado.

No estarán en la habitación cuando las sirvientas vayan a limpiarla.

La habitación ha de quedar libre a las once.

Podían haber encontrado el dinero y partido.

Solo que, claro está, probablemente eran al menos dos grupos los que le estaban buscando y estos no eran los otros y los otros tampoco se iban a marchar.

Para cuando se levantó ya sabía que probablemente tendría que matar a alguien. Simplemente no sabía a quién.

Tomó un taxi y fue a la ciudad y entró en una tienda de artículos de deporte y compró un Winchester de almacén tubular del calibre doce y una caja de postas doble cero. La caja contenía casi exactamente la potencia de fuego de una mina Claymore. Pidió que envolvieran la escopeta y salió con ella bajo el brazo y subió por Pecan Street hasta una ferretería. Allí compró una sierra para metales y una lima plana y varias cosas más. Unos alicates y una fresa de disco. Un destornillador. Linterna. Un rollo de cinta adhesiva.

Salió a la acera con sus compras. Luego se encaminó por donde había venido.

De nuevo en la tienda de deportes preguntó al mismo empleado si tenían mástiles de aluminio para tienda de campaña. Trató de explicarle que le daba igual el tipo de tienda, solo necesitaba los palos.

El empleado le miró detenidamente. Sea la tienda que sea, dijo, tendríamos que encargar los mástiles especialmente. Ha de decirme el fabricante y el número del modelo.

Ustedes venden tiendas, ¿no?

Tenemos tres modelos diferentes.

¿Cuál es el que tiene más mástiles?

Pues supongo que será la tienda-bungalow de tres metros. Dentro se puede estar de pie. Bueno, no todo el mundo. Tiene un espacio libre de un metro ochenta en el caballete.

Me llevaré una.

Sí, señor.

El empleado fue al almacén y volvió con la tienda y la puso encima del mostrador. Venía en una bolsa de nailon naranja. Moss dejó la escopeta y la bolsa de la ferretería sobre el mostrador y deshizo los nudos y sacó la tienda de la bolsa junto con los palos y las cuerdas.

Está todo ahí dentro, dijo el empleado.

Qué le debo.

Son ciento setenta y nueve más impuestos.

Moss puso dos billetes de cien sobre el mostrador. Los mástiles iban en una bolsa aparte y la sacó y la puso con sus otras pertenencias. El empleado le dio el cambio y el recibo y Moss agarró la escopeta y las cosas de la ferretería junto con los mástiles y le dio las gracias y fue hacia la salida.

¿Y la tienda?, le preguntó el empleado cuando ya estaba en la puerta.

Una vez en la habitación desenvolvió la escopeta y la colocó dentro de un cajón abierto y serró el cañón justo por la recámara. Igualó y pulió el corte con la lima plana y restregó la boca del cañón con un paño húmedo y lo dejó aparte. Luego serró la culata de manera que quedara como un pistolete y se sentó en la cama y pulió el mango con la lima. Cuando lo tuvo como él quería deslizó la caña hacia atrás y de nuevo hacia delante y bajó el percutor con el dedo gordo y giró el arma y la contempló. Había quedado muy bien. Abrió la caja de munición e introdujo una a una las cargas enceradas a conciencia. Retiró el cerrojo de un golpe seco y pasó un cartucho a la recámara y bajó el percutor y luego metió otro cartucho con bala en el cargador y dejó el arma cruzada sobre su regazo. Medía menos de sesenta centímetros de largo.

Llamó al Trail Motel y le dijo a la mujer que le guardara la habitación. Luego metió el arma y la munición y las herramientas debajo del colchón y salió otra vez.

Fue al Wal-Mart y compró algo de ropa y una bolsa de nailon con cremallera para meterla dentro. Unos vaqueros y un par de camisas y varios pares de calcetines. Por la tarde fue a dar un largo paseo a orillas del lago, llevando consigo en la bolsa el cañón recortado y la culata. Lanzó el cañón al agua lo más lejos que pudo y enterró la culata bajo un saliente de pizarra. Había ciervos moviéndose entre los matojos del desierto. Los oyó resoplar y pudo verlos cuando salieron a un cerro unos cien metros más allá y se lo quedaron mirando. Se sentó en un cascajal con la bolsa vacía doblada sobre el regazo y contempló la puesta de sol. Vio la tierra volverse azul y fría. Vio descender sobre el lago a un águila pescadora. Después solo hubo oscuridad.

4

Yo era sheriff de este condado a los veinticinco años. Cuesta de creer. Mi padre no fue agente de la ley. Mi abuelo se llamaba Jack. Él y yo fuimos sheriff al mismo tiempo, él en Plano y yo aquí. Creo que eso le enorgullecía. A mí desde luego sí. Yo acababa de volver de la guerra. Tenía varias medallas y cosas así y como es lógico se había corrido la voz. La campaña fue muy dura. Tenías que poner toda la carne en el asador. Procuré ser justo. Jack solía decir que la mierda que le echas a la gente es abono perdido. Pero yo creo que simplemente no iba con él. El hablar mal de nadie. Y a mí nunca me importó ser como él. Mi mujer y yo llevamos casados treinta y un años. No tenemos hijos. Perdimos una niña pero no quiero hablar de eso. Serví dos legislaturas y luego nos mudamos a Denton, Texas. Jack solía decir que ser sheriff era uno de los mejores empleos que uno podía tener y ser ex sheriff uno de los peores. Quizá ocurre así con muchas cosas. De modo que nos mantuvimos lejos. Hice cosas diversas. Fui inspector del ferrocarril durante un tiempo. En esa época mi mujer no veía muy claro lo de volver aquí. Que me presentara a sheriff. Pero vio que yo lo deseaba y así lo hicimos. Ella es mejor persona que yo, cosa que estoy dispuesto a reconocer ante cualquiera. Y tampoco es que eso sea decir mucho. Ella es mejor persona que nadie que yo conozca. Y punto.

La gente cree saber lo que quiere pero generalmente no es así. Aunque a veces, con suerte, consiguen lo que se proponen. Yo siempre tuve suerte. Toda mi vida. De lo contrario no estaría aquí. He pasado muchos apuros. Pero el día que la vi salir de Kerr's Mercan-

tile y cruzar la calle y pasar por delante de mí y yo me llevé la mano al sombrero y ella casi me respondió con una sonrisa, ese fue el día más afortunado de todos.

La gente se lamenta de las cosas malas que le pasa y que no merece pero raramente menciona las cosas buenas. Lo que ha hecho para merecerlas. Yo no recuerdo haber dado al Señor demasiados motivos para que me favoreciera. Pero lo hizo.

Cuando Bell entró en el bar el martes por la mañana apenas era de día. Cogió el periódico y fue a su mesa en el rincón. Al pasar junto a los hombres sentados a la mesa grande estos le saludaron. La camarera le llevó su café y volvió a la cocina y pidió los huevos. Él se puso a remover el café con la cucharilla aunque no había nada que remover pues lo tomaba solo. La foto del chico de los Haskins salía en primera plana del periódico de Austin. Bell leyó, meneando la cabeza. Su viuda tenía veinte años. ¿Sabes qué podrías hacer por ella? Nada en absoluto. Lamar no había perdido un solo hombre en veintitantos años. Esto es lo que recordaría. Precisamente por esto sería recordado.

La camarera llegó con los huevos y él dobló el periódico y lo dejó a un lado.

Se llevó a Wendell consigo y fueron hasta el Desert Aire y aguardaron frente a la puerta mientras Wendell llamaba.

Mira la cerradura, dijo Bell.

Wendell sacó su pistola y abrió la puerta. Policía, dijo en voz alta.

Ahí dentro no hay nadie.

No es motivo para no tener cuidado.

Tiene razón. No es motivo.

Entraron. Wendell había hecho ademán de guardar su pistola pero Bell se lo impidió. Atengámonos a la rutina, dijo.

Sí, señor.

Se acercó para recoger de la moqueta una barrita metálica y la sostuvo en alto.

¿Qué es?, dijo Wendell.

El cilindro de la cerradura.

Bell pasó la mano por el tabique de contrachapado. Aquí es donde dio, dijo. Sopesó la barrita en la palma de su mano y miró hacia la puerta. Se podría pesar esto y medir la distancia y la trayectoria y calcular la velocidad.

Supongo que sí.

Bastante velocidad, yo diría.

Sí, señor. Bastante.

Miraron en las habitaciones. ¿Qué opina, sheriff?

Yo creo que se han largado.

Eso creo yo también.

Y tenían bastante prisa, además.

Sí.

Entró en la cocina y abrió la nevera y miró y la volvió a cerrar. Miró en el congelador.

¿Cuándo estuvo él aquí, sheriff?

No sabría decirlo. Puede que no lo hayamos pillado por poco.

¿Le parece que ese chico se da cuenta de qué clase de hijos de puta le están buscando?

No lo sé. Es posible. Ha visto las mismas cosas que yo y a mí me causaron impresión.

Están todos metidos en un buen lío, ¿no?

En efecto.

Bell volvió a la sala de estar. Se sentó en el sofá. Wendell permaneció en el umbral. Aún tenía el revólver en la mano. ¿Qué está pensando?, dijo.

Bell meneó la cabeza. No levantó la vista.

Llegado el miércoles, medio Texas iba camino de Sanderson. Bell estaba sentado a su mesa en el bar leyendo las noticias. Bajó el periódico y miró hacia arriba. Un hombre de unos treinta años al que no había visto nunca estaba allí de pie. Se presentó como periodista del *San Antonio Light*. ¿Qué es todo este jaleo, sheriff?, dijo.

Parece que se trata de un accidente de caza.

¿Un accidente de caza?

Sí.

¿Cómo ha podido ser un accidente de caza? Me está tomando el pelo.

Deje que le haga una pregunta.

Adelante.

El año pasado la corte del condado de Terrell instruyó diecinueve causas por delito mayor. ¿Cuántas cree usted que no tenían que ver con drogas?

No lo sé.

Dos. Mientras tanto tengo un condado del tamaño de Delaware lleno de gente que necesita mi ayuda. ¿Qué opina de eso?

No lo sé.

Yo tampoco. Ahora me gustaría desayunar. Me espera un día bastante ajetreado.

Él y Torbert partieron en el todoterreno de este. Todo estaba como lo habían dejado. Aparcaron a cierta distancia de la camioneta de Moss y esperaron. Son diez, dijo Torbert.

¿Qué?

Son diez. Los muertos. Nos habíamos olvidado de Wyrick. Son diez.

Bell asintió. Que nosotros sepamos, dijo.

Sí, señor. Que nosotros sepamos.

El helicóptero llegó y voló en círculos y aterrizó levantando un remolino de polvo en la *bajada*. No se apeó nadie. Esperaban a que escampara el polvo. Bell y Torbert se quedaron mirando cómo giraba el rotor.

El agente de la DEA se llamaba McIntyre. A Bell le caía lo bastante bien como para saludarlo con un gesto de cabeza aunque le conocía poco. Bajó con una tablilla de escribir en la mano y fue hacia ellos. Vestía botas y sombrero y una chaqueta Carhartt de lona y todo iba bien hasta que abrió la boca.

Sheriff Bell, dijo.

Agente McIntyre.

¿Qué vehículo es ese?

Una pickup Ford del setenta y dos.

McIntyre se quedó mirando la *bajada*. Se dio unos golpecitos en la pierna con la tablilla. Miró a Bell. Es bueno saberlo, dijo. De color blanco.

Yo diría que sí. Blanco.

No le vendrían mal unos neumáticos nuevos.

Se acercó y rodeó la camioneta. Anotó algo en la tablilla. Empujó el asiento hacia el frente y miró en la parte de atrás.

¿Quién rajó los neumáticos?

Bell tenía las manos en los bolsillos traseros. Se inclinó para escupir. Aquí el ayudante Hays cree que lo hizo un grupo rival.

Un grupo rival.

Así es.

Yo creía que estos vehículos estaban acribillados.

Y lo están.

Pero este no.

No, este no.

McIntyre miró hacia el helicóptero y luego desvió la vista hacia los otros vehículos. ¿Podemos ir allí en su coche?

Por supuesto.

Caminaron hacia la camioneta de Torbert. El agente miró a Bell y se dio unos golpecitos en la pierna con la tablilla. No quiere ponérmelo fácil, ¿verdad?

Por Dios, McIntyre. Solo estoy bromeando con usted.

Deambularon por la *bajada* mirando los vehículos acribillados. McIntyre se llevó un pañuelo a la nariz. Los cadáveres estaban hinchados dentro de sus ropas. Es lo más espantoso que he visto nunca, dijo.

Procedió a anotar cosas en la tablilla. Midió distancias a pasos e hizo un boceto de la escena del crimen y copió los números de las matrículas.

¿No había armas por aquí?, dijo.

No tantas como debería haber habido. Tenemos dos como prueba.

¿Cuánto tiempo cree que llevan muertos?

Cuatro o cinco días.

Alguien debió de escapar.

Bell asintió. Hay otro cadáver a menos de dos kilómetros hacia el norte.

En la trasera de ese Bronco hay heroína esparcida.

Sí.

Brea negra mexicana.

Bell miró a Torbert. Torbert se inclinó para escupir.

Si la heroína ha desaparecido y el dinero también, deduzco que tenemos a un desaparecido.

Yo diría que es una buena deducción.

McIntyre continuó escribiendo. No se preocupe, dijo. Ya sé que no se la ha quedado usted.

No estoy preocupado.

McIntyre se ajustó el sombrero y se quedó mirando las camionetas. ¿Van a venir los rangers?

Sí, están de camino. O está. Una unidad de la DPS.

Tengo casquillos calibre trescientos ochenta, calibre cuarenta y cinco, nueve milímetros parabellum, doce de escopeta y treinta y ocho especial. ¿Han encontrado alguna cosa más?

Creo que eso es todo.

McIntyre asintió. Imagino que los que esperaban la droga ya se habrán dado cuenta de que no va a llegar. ¿Qué hay de la patrulla de fronteras?

Que yo sepa, van a venir todos. Esto se va a poner muy animado. Habrá más expectación que cuando las inundaciones del sesenta y cinco.

Ya.

Lo que hemos de hacer es sacar estos cadáveres de aquí.

McIntyre se dio en la pierna con la tablilla. Tiene usted razón, dijo.

Nueve milímetros parabellum, dijo Torbert.

Bell asintió. Tienes que apuntar eso en tus archivos.

Chigurh captó la señal del transpondedor personal mientras cruzaba la alta luz del puente sobre el Devil al oeste de Del Rio. Era casi medianoche y no había coches en la carretera. Estiró el brazo hacia el asiento del copiloto y giró lentamente el dial primero a un lado y luego al otro, escuchando.

Los faros captaron un ave de gran tamaño posada en el pretil de aluminio algo más adelante y Chigurh pulsó el botón para bajar la ventanilla. Aire fresco de la parte del lago. Cogió la pistola que había junto a la guantera y la amartilló y la apoyó en la ventanilla, descansando el cañón en el espejo retrovisor. La pistola llevaba un silenciador acoplado al cañón. El silenciador estaba hecho con quemadores de propano acoplados a un envase de laca y todo ello rellenado con aislante de fibra de vidrio para techos y pintado de negro mate. Disparó justo cuando el pájaro se agachaba y extendía las alas.

Se agitó violentamente a la luz de los faros, muy blanco, girando y alzando el vuelo hacia lo oscuro. La bala había dado en el pretil y rebotado hacia la noche y el pretil zumbó en la estela y dejó de sonar. Chigurh dejó la pistola en el asiento y volvió a subir la ventanilla.

Moss pagó al taxista y salió a la luz delante de la oficina del motel y se echó la bolsa al hombro y cerró la puerta del taxi y entró. La mujer estaba ya detrás del mostrador. Dejó la bolsa en el suelo y se apoyó en el mostrador. Ella parecía un poco nerviosa. Hola, dijo. ¿Piensa quedarse más tiempo?

Necesito otra habitación.

¿Quiere cambiar de habitación o quiere otra además de la que ya tiene?

Quiero conservar la mía y tomar otra.

De acuerdo.

¿Tiene un plano del motel?

Ella miró bajo el mostrador. Creo que había uno por aquí. Espere un momento. Creo que es este.

Puso un folleto viejo encima del mostrador. Se veía un coche de los años cincuenta aparcado enfrente. Moss lo abrió y lo alisó para examinarlo.

¿Qué tal la uno cuarenta y dos?

Si quiere puede tomar una al lado de la suya. La uno veinte no está ocupada.

Está bien. ¿Y la uno cuarenta y dos?

La mujer descolgó la llave del tablero que tenía detrás. Me deberá dos noches, dijo.

Moss pagó y cogió la bolsa y fue por la acera hacia la parte de atrás. Ella se inclinó sobre el mostrador y le vio alejarse.

Una vez en la habitación se sentó en la cama con el plano abierto. Se levantó y fue al baño y se situó junto a la bañera con la oreja pegada a la pared. Se oía un televisor. Volvió a la cama y abrió la bolsa y sacó la escopeta y la dejó a un lado y luego vació la bolsa encima de la cama.

Cogió el destornillador y agarró la silla y se subió a ella y desenroscó la rejilla del conducto de ventilación y bajó y la puso sobre la colcha barata de felpilla con la cara del polvo hacia arriba. Luego subió a la silla y aplicó la oreja al conducto. Escuchó. Bajó y agarró la linterna y se subió otra vez.

Había un empalme en el conducto como a tres metros de la abertura y pudo ver la bolsa asomando allí. Apagó la linterna y escuchó. Trató de escuchar con los ojos cerrados.

Se bajó de la silla y cogió la escopeta y fue hasta la puerta y apagó la luz con el interruptor que había allí. Se quedó a oscuras mirando al patio por entre la cortina. Luego volvió y dejó la escopeta sobre la cama y encendió la linterna.

Abrió la bolsita de nailon y sacó los mástiles. Eran tubos ligeros de aluminio de noventa centímetros de largo y ensambló tres de ellos y pasó cinta adhesiva en torno a los ensambles de forma que no se separaran. Fue al armario y volvió con tres perchas metálicas y se sentó en la cama y cortó los ganchos con la fresa de disco y los juntó en un solo gancho con la cinta adhesiva. Luego los unió al extremo del mástil y se levantó y deslizó el mástil por el conducto.

Apagó la linterna y la tiró a la cama y volvió a la ventana y miró. Rumor de un camión pasando por la carretera. Esperó a dejar de oírlo. Un gato que estaba cruzando el patio se detuvo. Luego siguió caminando.

Se subió de nuevo a la silla linterna en mano. La encendió y arrimó la lente a la pared de metal galvanizado del conducto a fin de amortiguar el haz y pasó el gancho hasta más allá de la bolsa y lo giró y retrocedió con él. El gancho quedó prendido y ladeó un poco la bolsa y se soltó. Tras varios intentos consiguió pasar el gancho por una de las correas y lo atrajo silenciosamente por el conducto mano sobre mano a través del polvo hasta que pudo soltar el mástil y alcanzar la bolsa.

Bajó y se sentó en la cama y limpió el maletín de polvo y soltó el pestillo y aflojó las correas y lo abrió. Miró los fajos de billetes y sacó uno y lo peinó como una baraja. Luego lo devolvió al maletín y deshizo el cordel que había atado a la correa y apagó la linterna y se quedó a la escucha. Se levantó y estiró el brazo y empujó los mástiles por el conducto y luego volvió a colocar la rejilla y recogió las herramientas. Dejó la llave encima de la mesa y metió la escopeta y las herramientas en la bolsa y agarró la bolsa y el maletín y salió de la habitación dejando todo tal como estaba.

Chigurh condujo despacio por delante de las habitaciones del motel con la ventanilla bajada y el receptor en el regazo. Giró al final del recinto y volvió. Frenó el Ramcharger y puso marcha atrás y retrocedió unos metros por el asfalto y se detuvo de nuevo. Finalmente condujo hasta la recepción y aparcó y entró en la oficina.

El reloj que había en la pared marcaba las doce cuarenta y dos. El televisor estaba encendido y la mujer tenía cara de haber estado durmiendo. ¿Puedo ayudarle en algo, señor?, dijo.

Salió de la oficina con la llave en el bolsillo de la camisa y montó en el Ramcharger y fue hasta el otro lado del motel y aparcó y bajó del vehículo con el receptor y las armas dentro de la bolsa. Una vez en la habitación dejó la bolsa encima de la cama y se quitó las botas y volvió a salir con el receptor y el cargador de la batería y la escopeta de la camioneta. Era una Remington automática del calibre doce con culata militar de plástico y acabado parkerizado. Iba provista de un silenciador industrial de un palmo de longitud y casi tan grueso como una lata de cerveza. Caminó bajo el cobertizo en calcetines, pasando frente a las habitaciones y pendiente de la señal.

Volvió a su cuarto y se quedó con la puerta abierta bajo el fulgor blanco de la farola del aparcamiento. Entró en el baño y encendió la luz. Tomó las medidas del cuarto y se fijó en dónde estaba todo. Calculó dónde estaban los interruptores de la luz. Luego se quedó allí de pie estudiándolo todo una vez más. Se sentó para ponerse las botas y se echó el depósito de aire al hombro y agarró la pistola de aire que colgaba de la manguera de goma y salió.

Escuchó junto a la puerta. Luego extrajo el cilindro de la cerradura valiéndose de la pistola de aire y abrió la puerta con el pie.

Un mexicano con una *guayabera* verde se había incorporado en la cama y trataba de alcanzar la metralleta que tenía a su lado. Chigurh hizo fuego tres veces y tan rápido que sonó como un largo escopetazo, dejando buena parte del tronco del hombre esparcido por el cabezal de la cama y la pared. La escopeta produjo un extraño ruido como de locomotora al arrancar. O como alguien que tosiera dentro de un tonel. Pulsó el interruptor de la luz y se apartó del umbral y pegó la espalda a la pared exterior. Volvió a mirar dentro. La puerta del cuarto de baño, que antes estaba cerrada, ahora estaba abierta. Entró en la habitación y disparó dos veces a través de la puerta y una más a través de la pared y se parapetó de nuevo. Hacia el final del edificio se había encendido una luz. Chigurh esperó. Luego miró una vez más en el interior de la habitación. La puerta estaba reventada, fragmentos de contrachapado colgando de las bisagras, y un hilillo de sangre empezaba a correr por las baldosas de color rosa.

Desde el umbral disparó dos veces más a través de la pared del baño y luego entró empuñando la escopeta a la altura de la cadera. El hombre estaba desplomado sobre la bañera con un AK-47 en la mano. Lo había alcanzado en el pecho y el cuello y sangraba profusamente. *No me mate*, dijo con un hilo de voz. *No me mate*. Chigurh se echó hacia atrás para que no le alcanzaran fragmentos de cerámica de la bañera y le disparó a la cara.

Salió y se quedó en la acera. No había nadie. Volvió a entrar y registró la habitación. Miró en el armario y miró bajo la cama y vació todos los cajones en el suelo. Miró en el cuarto de baño. La H&K de Moss estaba dentro del lavabo. La dejó allí. Se restregó los pies en la moqueta para limpiar de sangre la suela de sus botas y observó la habitación. Entonces sus ojos se fijaron en el conducto de ventilación.

Cogió la lámpara de la mesita de noche y arrancó el cable de un tirón y se subió a la cómoda y golpeó la rejilla con la base metálica de la lámpara y la retiró y miró en el interior. Vio las marcas de algo arrastrado por el polvo. Se bajó y se quedó allí de pie. Su camisa tenía salpicones de sangre y materia rebotadas en la pared. Se quitó la camisa y volvió al cuarto de baño y se lavó y se secó con una de las toallas grandes. Luego humedeció la toalla y limpió las botas y volvió a doblar la toalla y se frotó las perneras del pantalón. Agarró la escopeta y volvió a la habitación desnudo hasta la cintura con la camisa hecha una pelota en la mano. Restregó nuevamente las suelas de las botas en la moqueta y echó un último vistazo y salió de la habitación.

Cuando Bell entró en la oficina Torbert alzó la vista de su escritorio y se levantó y se acercó a él y le puso un papel delante.

¿Es esto?, dijo Bell.

Sí, señor.

Bell se retrepó en su butaca para leer, toqueteándose el labio inferior con el dedo índice. Al cabo de un rato dejó el informe sobre la mesa. No miró a Torbert. Ya sé lo que ha pasado, dijo.

Muy bien.

¿Has ido alguna vez a un matadero?

Sí, señor. Creo que sí.

Lo sabrías seguro si hubieras ido.

Me parece que fui una vez cuando era pequeño.

Curioso lugar para llevar a un niño.

Creo que fui por mi cuenta. Me colé allí dentro.

¿Cómo mataban a las reses?

Tenían a un tipo subido a horcajadas en la rampa y hacían pasar las vacas de una en una y el tipo les daba en la cabeza con un mazo. Se pasó el día haciendo eso.

Me parece bien. Pero ya no lo hacen de esa manera. Utilizan una pistola de aire comprimido que dispara una especie de perno de acero. Potente pero de poco alcance. La apoyan entre los ojos de la res y aprietan el gatillo y cae redonda. Así de rápido.

Torbert estaba de pie en la esquina de la mesa de Bell. Aguardó como un minuto a que el sheriff continuara pero el sheriff no continuó. Torbert no se movió. Luego desvió la mirada. Ojalá no me lo hubiera explicado, dijo.

Ya, dijo Bell. Sabía lo que ibas a decir antes de que lo dijeras.

Moss llegó a Eagle Pass a las dos menos cuarto de la mañana. Había dormido durante buena parte del camino en el asiento de atrás del taxi y solo se despertó cuando aminoró la marcha al desviarse de la carretera principal y tomar la calle mayor. Vio pasar los pálidos globos blancos de las farolas por el borde superior de la ventanilla. Luego se incorporó.

¿Va al otro lado del río?, dijo el taxista.

No. Lléveme al centro.

Ya estamos en el centro.

Moss se inclinó con los codos en el respaldo del asiento de delante.

Qué es eso de allá.

Son los tribunales del condado de Maverick.

No. Allá abajo, donde está ese rótulo.

Eso es el hotel Eagle.

Déjeme allí.

Pagó al taxista los cincuenta dólares que habían convenido y agarró sus cosas del bordillo y subió los escalones del porche y entró. El empleado estaba junto al mostrador como si le hubiera estado esperando a él.

Pagó y se guardó la llave en el bolsillo y subió la escalera y recorrió el pasillo del viejo hotel. Quietud absoluta. No había luz en los dinteles. Encontró la habitación e introdujo la llave en la puerta y la abrió y entró antes de cerrarla. A través de los visillos de la ventana entraba luz de las farolas. Dejó las bolsas encima de la cama y volvió a la puerta y encendió la lámpara del techo. Interruptor anticuado, accionado por pulsador. Muebles de roble de principios de siglo. Paredes marrones. La misma colcha de felpilla.

Se sentó en la cama a meditar. Luego se levantó y fue a la ventana y observó el aparcamiento y entró en el cuarto de baño y cogió un vaso de agua y fue a sentarse otra vez en la cama. Tomó un sorbo y dejó el vaso sobre la superficie de vidrio de la mesita de noche. No hay puñetera manera, dijo.

Abrió el pestillo del maletín y soltó las hebillas y empezó a sacar los paquetes de dinero y a apilarlos sobre la cama. Cuando el maletín estuvo vacío comprobó que no hubiera un doble fondo y miró los costados y la parte de atrás y lo dejó a un lado y se puso a toquetear los fajos de billetes, peinando cada uno antes de volverlo a meter en el maletín. Había guardado ya como un tercio de los paquetes cuando encontró el dispositivo emisor.

La parte interior del paquete había sido rellenada con billetes con los centros recortados y el transpondedor allí alojado tenía el tamaño de un encendedor Zippo. Retiró la cinta bancaria y lo sacó y lo sopesó en la mano. Luego lo metió en el cajón y se levantó y llevó los billetes recortados y la cinta al cuarto de baño y los arrojó al váter y tiró de la cadena. Dobló los billetes de cien sueltos y se los guardó en el bolsillo y volvió a meter el resto de los paquetes en el maletín y lo dejó encima de la silla y se sentó a mirarlo. Pensó en multitud de cosas pero lo que le quedó en la cabeza fue que antes o después tendría que dejar de confiar en la suerte.

Sacó la escopeta de la bolsa y la puso sobre la cama y encendió la lámpara de la mesilla de noche. Fue hasta la puerta y apagó la luz del techo y volvió y se estiró en la cama mirando al techo. Sabía lo que iba a pasar. Lo que no sabía era cuándo. Se levantó y fue al cuarto de baño y tiró de la cadena de la luz del lavabo y se miró al espejo. Cogió una manopla del toallero de cristal y abrió el grifo del agua caliente y humedeció la manopla y la estrujó y se frotó la cara y el cogote. Meó y luego apagó la luz y volvió y se sentó en la cama. Se le había ocurrido ya que nunca más volvería a estar a salvo y se preguntó si uno se acostumbraba a eso. ¿Y si era que sí?

Vació la bolsa y metió en ella la escopeta y cerró la cremallera y llevó la bolsa y el maletín a la mesa. El mexicano de la recepción no estaba y en su lugar había otro empleado, flaco y gris. Camisa blanca fina y una pajarita negra. Estaba fumando un cigarrillo y leyendo la revista *Ring* y miró a Moss sin excesivo entusiasmo, pestañeando por el humo. Usted dirá, dijo.

¿Acaba de llegar?

Sí, señor. Estaré hasta las diez de la mañana.

Moss puso un billete de cien encima del mostrador. El empleado dejó la revista.

No le pido que haga nada ilegal, dijo Moss.

Estoy esperando a que me lo explique, dijo el empleado.

Hay alguien que me busca. Lo único que le pido es que me avise si alguien toma una habitación. Y cuando digo alguien me refiero a cualquiera al que le cuelgue algo entre las piernas. ¿Me hará este favor?

El empleado se sacó el cigarrillo de los labios y lo dejó apoyado en un pequeño cenicero de cristal y sacudió la ceniza con el meñique y miró a Moss. Sí, señor, dijo. Descuide.

Moss asintió y volvió a subir.

El teléfono no sonó ninguna vez. Se incorporó y miró el reloj de la mesilla. Las cuatro treinta y siete. Bajó las piernas de la cama y alcanzó las botas y se las puso y se quedó escuchando.

Fue hasta la puerta y aplicó la oreja, la escopeta en una mano. Entró en el baño y retiró la cortina de plástico que colgaba de unas anillas sobre la bañera y abrió el grifo y tiró del vástago para abrir la ducha. Luego volvió a correr la cortina y salió del cuarto de baño cerrando la puerta.

Volvió a escuchar junto a la puerta. Sacó la bolsa de nailon que había dejado debajo de la cama y la puso sobre la silla del rincón. Fue a encender la luz de la mesilla de noche y se quedó allí de pie intentando pensar. Se dio cuenta de que podía sonar el teléfono y levantó el auricular y lo dejó sobre la mesa. Retiró la colcha y arrugó las almohadas. Miró el reloj. Las cuatro cuarenta y tres. Miró el auricular del teléfono. Lo cogió y arrancó el cable y devolvió el auricular a su sitio. Luego se acercó de nuevo a la puerta, el pulgar sobre el percutor de la escopeta. Se tumbó boca abajo y aplicó la oreja al resquicio de la puerta. Una brisa fresca. Como si en alguna parte se hubiera abierto una puerta. Qué has hecho. Qué has dejado de hacer.

Fue al otro lado de la cama y se agachó y se metió debajo y se quedó allí tumbado de bruces apuntando con la escopeta hacia la puerta. Espacio suficiente bajo las tablillas de madera. El corazón latiendo fuerte contra la moqueta polvorienta. Esperó. Dos columnas de oscuridad cruzaron la franja de luz que se colaba por la puerta. La siguiente cosa que oyó fue la llave en la cerradura. Apenas sin ruido. La puerta se abrió. Pudo ver el pasillo. No había nadie allí. Esperó. Procuró no parpadear siquiera pero lo hizo. Entonces aparecieron en el umbral unas botas caras de piel de avestruz. Tejanos planchados. El hombre se quedó allí de pie. Luego entró. Después cruzó la habitación despacio hasta el cuarto de baño.

En ese momento Moss comprendió que no iba a abrir la puerta del baño. Iba a dar media vuelta. Y cuando lo hiciera sería demasiado tarde. Demasiado tarde para cometer más errores o para hacer ninguna otra cosa y que iba a morir. Hazlo, dijo. Tú hazlo.

No se vuelva, dijo. Si se vuelve lo coso a balazos.

El hombre permaneció quieto. Moss estaba avanzando sobre los codos con la escopeta de través. No veía más arriba de la cintura del hombre y no sabía qué clase de arma llevaba. Tire el arma, dijo. Rápido.

Una escopeta chocó contra el suelo. Moss se puso de pie. Levante las manos, dijo. Apártese de la puerta.

El hombre retrocedió dos pasos y se quedó con las manos a la altura de los hombros. Moss rodeó el extremo de la cama. El hombre estaba a menos de tres metros. Toda la habitación vibraba lentamente. Notó un olor extraño. Como a colonia extranjera. Con un deje medicinal. Todo zumbaba. Moss sostuvo la escopeta amartillada al nivel de su cintura. Nada de lo que pudiera ocurrir iba a sorprenderle. Se sentía ingrávido. Se sentía flotar. El hombre ni siquiera le miró. Parecía extrañamente despreocupado. Como si esto le pasara todos los días.

Atrás. Un poco más.

Lo hizo. Moss recogió la escopeta del hombre y la tiró a la cama. Encendió la luz del techo y cerró la puerta. Dese la vuelta, dijo.

El hombre volvió la cabeza y miró a Moss. Ojos azules. Serenos. Pelo oscuro. Un aire ligeramente exótico. Que a Moss se le escapaba por completo.

¿Qué quiere?

No respondió.

Moss cruzó la habitación y agarró el poste de los pies de la cama y desplazó lateralmente la cama con una mano. El maletín estaba en el suelo, encima del polvo. Lo cogió. El hombre ni siquiera pareció fijarse. Como si estuviera pensando en otra cosa.

Cogió la bolsa de nailon de la silla y se la echó al hombro y agarró de la cama la escopeta con su silenciador enorme y se la puso bajo el brazo y cogió de nuevo el maletín. Vamos, dijo. El hombre bajó los brazos y salió al pasillo.

La cajita que contenía el receptor estaba en el suelo junto a la puerta. Moss la dejó allí. Tenía la sensación de haber corrido ya más riesgos de los que podía permitirse. Retrocedió por el pasillo con su escopeta apuntando al cinturón del hombre, sosteniéndola con una mano como una pistola. Empezó a ordenarle que pusiera las manos en alto pero algo le dijo que no importaba dónde tuviera las manos el hombre. La puerta de la habitación seguía abierta, la ducha funcionando todavía.

Si asoma la cara al llegar a esa escalera lo mato.

El hombre no dijo nada. Como si fuera mudo.

Quieto ahí, dijo Moss. No dé un solo paso más.

Se detuvo. Moss retrocedió hasta la escalera y miró por última vez al hombre allí de pie bajo la luz amarillenta del aplique de pared y luego dio media vuelta y dobló hacia el hueco de escalera bajando los peldaños de dos en dos. No sabía adónde iba. Sus planes no llegaban tan lejos.

En el vestíbulo los pies del empleado asomaban por detrás del mostrador. Moss no se detuvo. Salió por la puerta delantera y bajó los escalones. Para cuando hubo cruzado la calle, Chigurh estaba ya en el balcón del hotel. Moss notó un tirón de la bolsa que llevaba al hombro. El pistoletazo sonó como un plop amortiguado, pequeño y perentorio en la oscura quietud de la ciudad. Se volvió a tiempo de ver el fogonazo del segundo disparo tenue pero visible al resplador rosado del neón del hotel de cuatro metros de alto. No sintió nada. La bala le traspasó la camisa y empezó a sangrar por el brazo y para entonces ya estaba corriendo. Con el siguiente disparo notó un aguijonazo en el costado. Cayó y se levantó de nuevo dejando la escopeta de Chigurh tirada en la calle. Mierda, dijo. Qué puntería.

Correteó haciendo muecas de dolor por la acera del Aztec Theatre. Al pasar frente al pequeño quiosco de venta de entradas todos los cristales reventaron. Ni siquiera oyó el disparo. Giró sobre sus talones empuñando la escopeta y retiró el percutor e hizo fuego. La posta rebotó en la balaustrada del segundo piso y arrancó las lunas de varias ventanas. Cuando se dio media vuelta un coche que bajaba por la calle mayor lo iluminó y aminoró la marcha y aceleró otra vez. Moss torció por Adams Street y el coche derrapó en el cruce en medio de una nube de humo de caucho y se detuvo. El motor se había apagado y el conductor trataba de arrancarlo. Moss pegó la espalda a la pared de ladrillo del edificio y miró. Dos hombres habían salido del coche y cruzaban la calle a pie y corriendo. Uno de ellos abrió fuego con una metralleta de pequeño calibre y Moss les disparó dos veces con la escopeta y siguió adelante mientras la sangre le bajaba caliente por la entrepierna. En la calle oyó que el coche arrancaba de nuevo.

Llegó a Grande Street dejando a sus espaldas un pandemónium de fuego cruzado. Creyó que ya no podía correr más. Se vio cojeando en un escaparate de la acera de enfrente, el codo pegado al costado, la bolsa colgada del hombro y llevando la escopeta y el maletín, oscuro en el cristal y absolutamente enigmático. Cuando volvió a mirar estaba sentado en la acera. Levántate, hijo de puta, dijo. No te mueras aquí. Levanta de una puta vez.

Cruzó Ryan Street con la sangre que se le encharcaba en las botas. Se puso la bolsa delante y abrió la cremallera y metió la escopeta dentro y la volvió a cerrar. Se quedó en pie tambaleándose. Luego se dirigió al puente. Tenía frío y tiritaba y pensó que iba a vomitar.

Había una ventanilla de cambio y un torniquete en el lado norteamericano del puente e introdujo una moneda en la ranura y empujó y trastabilló hacia delante y oteó la estrecha pasarela que se extendía ante él. Empezaba a clarear. Una luz gris y mate sobre la planicie a lo largo de la orilla oriental del río. Una inmensidad hasta el otro lado.

A mitad de camino se cruzó con un grupo que volvía. Eran cuatro jóvenes, de unos dieciocho años, medio borrachos. Dejó el maletín en la acera y se sacó del bolsillo unos cuantos billetes de cien. Estaban pegajosos de sangre. Se los restregó en la pernera del pantalón y separó cinco billetes y se guardó el resto en el bolsillo.

Disculpad, dijo. Inclinándose contra la cerca de cadena. Sus huellas ensangrentadas detrás de él como pistas de un juego de azar.

Disculpad.

Los chicos se habían bajado del bordillo para esquivarlo.

Perdón, quería saber si me venderíais un abrigo.

No se detuvieron hasta haberlo rebasado. Entonces uno de ellos se volvió. ¿Qué das a cambio?, dijo.

Ese que está detrás de ti. El del abrigo largo.

El del abrigo largo se detuvo con los demás.

¿Cuánto?

Te doy quinientos dólares.

Sí. Y qué más.

Vamos, Brian.

Larguémonos, Brian. Está borracho.

Brian los miró y luego miró a Moss. Enséñame el dinero, dijo.

Lo tengo aquí.

Déjame verlo.

Primero pásame el abrigo.

Déjalo ya, Brian.

Coge estos cien y dame el abrigo. Luego te doy el resto.

De acuerdo.

Se quitó el abrigo y se lo pasó y Moss le entregó el billete.

¿Qué es esta mancha?

Sangre.

¿Sangre?

Sí. Sangre.

Se quedó con el billete en una mano, mirándose los dedos manchados de sangre. ¿Cómo ha sido?

Me han disparado.

Vamos, Brian. Maldita sea.

Dame el resto del dinero.

Moss le entregó los billetes y bajó la bolsa a la acera y se puso el abrigo con dificultad. El chico dobló los billetes y se los guardó en el bolsillo y se alejó.

Se reunió con los otros y siguieron adelante. Luego se detuvieron. Estaban hablando y miraban a Moss. Se abrochó el abrigo y metió el dinero en el bolsillo interior y se echó la bolsa al hombro y cogió el maletín. Más vale que sigáis vuestro camino, dijo. No lo diré dos veces.

Dieron media vuelta y siguieron andando. Solo eran tres. Se restregó los ojos con el canto de la mano. Trató de ver dónde estaba el cuarto. Entonces se dio cuenta de que no había tal. Muy bien, dijo. Tú procura poner un pie delante del otro.

Cuando llegó al lugar donde el río pasaba realmente por debajo del puente se detuvo y miró hacia abajo. La garita mexicana estaba cerca. Miró hacia el lado del puente por donde había venido pero los tres chicos se habían marchado. Hacia el este una luz granulosa. Sobre los cerros negros más allá de la ciudad. El agua se movía bajo el puente oscura y lenta. Un perro en alguna parte. Silencio. Nada.

Cerca de allí había un carrizal grande en el lado norteamericano del río. Dejó la bolsa de cremallera en el suelo y agarró el maletín por las asas y echó el brazo hacia atrás y luego lo lanzó al vacío por encima del pretil.

Un dolor candente. Se sujetó el costado y vio cómo giraba en silenciosa caída hacia un espacio cada vez menos iluminado y finalmente desaparecía entre las cañas. Luego se dejó caer a la acera y se quedó sentado en un charco de sangre, la cara pegada a los cables. Levanta, dijo. Maldita sea, levántate.

Cuando llegó a la garita vio que no había nadie. Entró a la ciudad de Piedras Negras, estado de Coahuila.

Fue calle arriba hasta un pequeño parque o *zócalo* donde los zanates despertaban y empezaban a cantar en los eucaliptos. Los árboles estaban pintados de blanco hasta la altura de un arrimadero y el parque desde lejos parecía poblado de estacas blancas dispuestas al azar. En el centro una glorieta o quiosco de música de hierro forjado. Se derrumbó en un banco de hierro con la bolsa a su lado y se inclinó al frente, abrazándose. Unos globos de luz naranja colgaban de los postes de alumbrado. El mundo retrocedía. Al otro lado del parque había una iglesia. Parecía estar muy lejos. Los zanates rechinaban y se balanceaban en las ramas altas y se estaba haciendo de día.

Apoyó una mano en el banco. Náuseas. No te eches.

No había sol. Solo el amanecer gris. Las calles húmedas. Los comercios cerrados. Persianas metálicas. Un viejo se acercaba empuñando una escoba. Se detuvo. Luego siguió andando.

Señor, dijo Moss.

Bueno, dijo el viejo.

¿Habla usted inglés?

El hombre miró a Moss, sujetando el mango de la escoba con ambas manos. Se encogió de hombros.

Necesito un médico.

El viejo esperó algo más. Moss se levantó con esfuerzo. El banco estaba lleno de sangre. Me han disparado, dijo.

El viejo le miró de arriba abajo. Chascó la lengua. Dirigió la vista hacia el amanecer. Los árboles y los edificios cobraban forma. Miró a Moss e hizo un gesto con el mentón. *¿Puede andar?*, dijo.

¿Qué?

¿Puede caminar? Movió dos dedos para ilustrar sus palabras, la mano colgando floja de la muñeca.

Moss asintió con la cabeza. Una marea de negrura se le vino encima. Esperó a que pasara.

¿Tiene dinero? El barrendero juntó el pulgar y el índice y frotó uno con el otro.

Sí, dijo Moss. *Sí*. Se puso de pie, tambaleándose. Sacó el fajo empapado en sangre que llevaba en el bolsillo del abrigo y separó un billete de cien y se lo pasó al viejo. El viejo lo tomó con gran reverencia. Miró a Moss y luego apoyó la escoba en el banco.

Cuando Chigurh bajó los escalones y salió del hotel llevaba una toalla alrededor del muslo derecho atada con trozos de cordel de persiana. La toalla estaba ya empapada de sangre. Llevaba en una mano una bolsa pequeña y en la otra una pistola.

El Cadillac estaba atravesado en el cruce y había tiroteo en la calle. Se refugió en el umbral de la barbería. El tableteo de rifles automáticos y el sólido estampido de una escopeta rebotando en las fachadas de los edificios. Los que estaban en la calle iban vestidos con impermeable y zapatillas de tenis. Su aspecto no era el que uno esperaría encontrar en esta parte del país. Chigurh volvió a subir cojeando al porche y apoyó la pistola en la baranda y abrió fuego.

Para cuando ellos dedujeron de dónde venían los disparos había matado ya a uno y herido a otro. El herido se situó detrás del coche y disparó contra el hotel. Chigurh se quedó de espaldas a la pared de ladrillo e introdujo un nuevo cargador en la pistola. Las balas hacían volar los cristales de las puertas y astillaban los bastidores. La luz del vestíbulo se apagó. En la calle estaba todavía lo bastante oscuro para ver los fogonazos. Hubo una pausa en el tiroteo y Chigurh se dio media vuelta y penetró en el vestíbulo del hotel, fragmentos de cristal crujiendo bajo sus botas. Recorrió el pasillo y bajó los escalones de la parte posterior y salió al aparcamiento del hotel.

Cruzó la calle y subió por Jefferson pegado a la pared septentrional de los edificios, tratando de apresurarse y arrastrando la pierna vendada. Todo esto ocurría a una manzana de los tribunales del condado de Maverick y calculó que tenía unos minutos apenas antes de que empezaran a llegar más grupos.

Cuando alcanzó la esquina solo había un hombre en la calle. Estaba en la parte de atrás del coche y el coche estaba acribillado, todos los cristales rotos o astillados. Dentro había como mínimo un muerto. El hombre estaba vigilando el hotel y Chigurh levantó la pistola y disparó dos veces y el hombre se desplomó en la calzada. Retrocedió hasta la esquina del edificio y aguardó con la pistola vertical a la altura del hombro. Un penetrante olor a pólvora en el aire fresco de la mañana. Como a fuegos artificiales. Ni un solo sonido en ninguna parte.

Cuando salió cojeando a la calle uno de los hombres a los que había disparado desde el porche del hotel se arrastraba hacia el bordillo. Chigurh le observó. Luego le disparó por la espalda. El otro estaba tendido junto al parachoques delantero del coche. La bala le había atravesado la cabeza y estaba rodeado de un charco de sangre oscura. Su arma yacía en el suelo pero Chigurh no le prestó atención. Caminó hasta el coche y zarandeó al hombre con la bota y luego se inclinó para recoger la metralleta con la que el hombre había disparado. Era un Uzi de cañón corto con cargador de veinticinco balas. Chigurh registró los bolsillos del impermeable del muerto y encontró tres cargadores más, uno de ellos lleno. Se los guardó en el bolsillo de la chaqueta y se metió la pistola por la cintura del pantalón y comprobó cuántas balas tenía el cargador del Uzi. Se colgó el arma al hombro y volvió cojeando a la acera. El hombre al que había disparado por la espalda le estaba mirando desde el suelo. Chigurh dirigió la vista hacia el hotel y el juzgado. Las altas palmeras. Miró al hombre. Yacía en un charco de sangre cada vez mayor. Ayúdeme, dijo. Chigurh se sacó la pistola de la cintura. Miró al hombre a los ojos. El hombre apartó la vista.

Mírame, dijo Chigurh.

El hombre le miró y desvió de nuevo los ojos.

¿Hablas inglés?

Sí.

No mires a otro lado. Quiero que me mires a mí.

Miró a Chigurh. Miró el nuevo día que clareaba a su alrededor. Chigurh le metió una bala en la frente y luego se quedó observando. Cómo reventaban los capilares de sus ojos. La luz que disminuía. Cómo su propia imagen se descomponía en ese mundo disipado. Se remetió la pistola en el cinturón y miró una vez más calle arriba. Luego agarró la bolsa y se ajustó el Uzi al hombro y atravesó la calle y se dirigió cojeando hacia el aparcamiento donde había dejado su vehículo.

5

Llegamos procedentes de Georgia. Quiero decir mi familia. A caballo y en carro. Lo sé casi a ciencia cierta. Sé que hay muchas cosas en la historia de una familia que no son hechos probados. De cualquier familia. Las historias se transmiten y las verdades se omiten. Es cosa sabida. Y supongo que alguien podría interpretarlo como que la verdad no puede competir. Pero yo no lo creo. Opino que cuando todas las mentiras hayan sido contadas y olvidadas la verdad seguirá estando ahí. La verdad no va de un sitio a otro y no cambia de vez en cuando. No se la puede corromper como no se puede salar la sal. No puedes corromperla porque eso es lo que es. Es de lo que uno habla. He oído compararla con la roca –quizá en la Biblia– y no puedo decir que discrepe. Pero la verdad estará ahí incluso cuando la roca desaparezca. Estoy seguro de que ciertas personas discreparían de eso. Bastantes personas, de hecho. Pero nunca he podido averiguar en qué creía ninguna de ellas.

Siempre intentabas estar disponible para los eventos sociales y yo, claro está, iba siempre a cosas como limpiar cementerios. Eso estaba bien. Las mujeres preparaban cena sobre el terreno y por supuesto era un modo de hacer campaña pero también estabas haciendo algo por gente que no podía hacerlo por sí misma. Sí, supongo que podría ser cínico al respecto y decir que no quería que andaran sueltos por ahí de noche. Pero yo creo que va más allá. Es comunidad y es respeto, cómo no, pero los muertos tienen más cosas que reclamarnos de las que nos gustaría admitir o incluso de las que podríamos llegar a saber y sus requerimientos pueden ser muy fuertes. Muy fuertes de ver-

dad. Tienes la clara sensación de que no quieren soltarte. Así que, en ese sentido, cualquier cosa ayuda.

Es lo que yo dije el otro día acerca de la prensa. La semana pasada descubrieron a una pareja de California que alquilaba habitaciones a gente mayor y luego los mataban y los enterraban en el jardín y cobraban la pensión. Primero los torturaban, no sé por qué razón. Quizá tenían el televisor estropeado. Y ahora fijaos en lo que dijeron los periódicos. Cito textualmente. Dijeron: Los vecinos se alarmaron al ver a un hombre huir del establecimiento llevando puesto solo un collar de perro. Es imposible inventarse una cosa así. Y si no, intentadlo.

Pero eso fue lo que levantó la liebre. Y no los gritos de los ancianos y las sepulturas.

De acuerdo. Yo también me reí al leerlo. No se podía hacer gran cosa más.

Eran casi tres horas en coche hasta Odessa y cuando llegó era de noche. Escuchó a los camioneros por la radio. ¿Esto está dentro de su jurisdicción? Anda ya. Y yo qué coño sé. Supongo que si te ve cometer un delito entonces sí. Pues digamos que soy un criminal reformado. Veo que lo has entendido, colega.

Compró un mapa de la ciudad en un Quickstop y lo extendió sobre el asiento del coche patrulla mientras bebía café de un vaso de plástico. Trazó la ruta en el mapa con un rotulador amarillo que había en la guantera y volvió a doblar el mapa y lo dejó a su lado en el asiento y apagó la luz cenital y puso el motor en marcha.

La mujer de Llewelyn acudió a la puerta. En el momento en que abría él se quitó el sombrero y tan pronto lo hubo hecho lo lamentó. Ella se llevó una mano a la boca y la otra buscó la jamba de la puerta.

Lo siento, dijo él. Tranquila. Su marido se encuentra bien. Solo quería hablar un momento con usted si es posible.

No me está mintiendo, ¿verdad?

No, señora. No le miento.

¿Ha venido en coche desde Sanderson?

Sí, señora.

¿Qué es lo que quiere?

Solo quería charlar un ratito con usted. Hablarle de su marido.

Pues aquí no puede ser. A mi madre le daría un susto de muerte. Voy a por el abrigo.

Sí, señora.

Fueron en coche hasta el Sunshine Cafe y se sentaron a una mesa del fondo y pidieron café para los dos.

Usted no sabe dónde está, ¿verdad?

No. Ya se lo he dicho antes.

Ya lo sé.

Bell se quitó el sombrero y lo dejó en el asiento y se pasó la mano por el pelo. ¿No ha sabido nada de él?

No.

Nada.

Ni una palabra.

La camarera llegó con el café en dos tazones grandes de porcelana blanca. Bell removió el suyo con la cucharilla. Levantó la cucharilla y fijó los ojos en la humeante cara cóncava. ¿Cuánto dinero le dio?

Ella no dijo nada. Bell sonrió. ¿Qué me iba usted a decir? No se lo calle.

Iba a decir que eso no es asunto suyo.

Por qué no se olvida de que soy el sheriff.

¿Y quién me imagino que es?

Sabe que su marido tiene problemas.

Llewelyn no ha hecho nada.

No es conmigo con quien los tiene.

¿Con quién, entonces?

Con gente mala de verdad.

Llewelyn sabe cuidarse solo.

¿Le importa que la llame Carla?

Me llaman Carla Jean.

Carla Jean. ¿Le parece bien?

Me parece bien. A usted no le importa que le siga llamando sheriff, ¿verdad?

Bell sonrió. No, dijo. Está bien.

Bueno.

Esa gente le matará, Carla Jean. No se rendirán.

Él tampoco. Jamás se ha rendido.

Bell asintió con la cabeza. Bebió café. La cara que se agitó en el líquido oscuro parecía un presagio de cosas por venir. Cosas disgregándose. Cosas arrastrándote consigo. Dejó el tazón y miró a la chica. Ojalá pudiera decir que eso juega a su favor, pero mucho me temo que no sea así.

Mire, dijo la chica, él es como es y no cambiará. Por eso me casé con él.

Pero hace días que no sabe nada de él.

No esperaba saber nada.

¿Tenían problemas ustedes dos?

No tenemos problemas. Cuando los tenemos los arreglamos.

Vaya, son muy afortunados.

Así es.

Ella le observó. Por qué me hace esa pregunta, dijo.

¿Si tenían problemas?

Si teníamos problemas.

Solo por curiosidad.

¿Ha ocurrido algo que yo deba saber?

No. Podría hacerle la misma pregunta.

Pero yo no le respondería.

Claro.

Usted se cree que me ha abandonado, ¿no es eso?

No lo sé. ¿Es así?

No. No me ha abandonado. Le conozco.

Le conocía.

Le conozco aún. Él no ha cambiado.

Puede.

Pero usted no lo cree.

Mire, si he de serle franco le diré que nunca he conocido ni he oído hablar de nadie a quien el dinero no haya cambiado. Su marido sería el primero.

Bien, pues que lo sea.

Eso espero.

¿Lo espera realmente, sheriff?

Sí. Se lo aseguro.

¿No hay cargos contra él?

No. No hay cargos.

Eso no significa que no los vaya a haber.

En efecto. Si es que vive para contarlo.

Bueno. Todavía no está muerto.

Confío en que eso la consuele a usted más de lo que me consuela a mí.

Bebió otro sorbo y dejó el tazón en la mesa. La observó. Tiene que devolver ese dinero, dijo. Si la prensa lo publica, quizá esa gente lo deje en paz. No puedo garantizarle que lo hagan. Tal vez sí. Es la única oportunidad que tiene.

Usted podría hacer que lo publicaran.

Bell la miró detenidamente. No, dijo. No podría.

O no querría.

Como usted quiera. ¿Cuánto dinero es?

No sé de qué me está hablando.

De acuerdo.

¿Le importa que fume?, dijo ella.

Creo que aún estamos en un país libre.

Ella sacó su tabaco y encendió un cigarrillo y apartó la cara y expulsó el humo hacia el bar. Bell la observó. ¿Cómo cree que va a terminar todo esto?, dijo.

No lo sé. No sé cómo va a terminar nada. ¿Usted sí?

Sé cómo no va a acabar.

¿Lo de vivieron felices y comieron perdices?

Algo así.

Llewelyn es listo como un zorro.

Bell asintió con la cabeza. Debería estar más preocupada de lo que está, no le digo más.

Ella dio una larga calada. Observó a Bell. Sheriff, dijo, yo creo que estoy todo lo preocupada que debería estar.

Su marido acabará matando a alguien. ¿Ha pensado en eso?

Nunca ha matado a nadie.

Estuvo en Vietnam.

Quiero decir de civil.

Lo hará.

Ella no dijo nada.

¿Quiere más café?

Estoy a tope de café. Ni siquiera quería tomarme este.

Miró hacia las mesas vacías. El cajero de noche era un chico de unos dieciocho años y estaba encorvado sobre el mostrador de cristal leyendo una revista. Mi madre tiene cáncer, dijo ella. Le queda muy poco tiempo de vida.

Lo siento.

La llamo mamá pero en realidad es mi abuela. Ella me crió, y suerte que tuve. Bueno. Suerte es decir mucho.

Sí.

A ella no le cae muy bien Llewelyn. No sé por qué. Por nada en particular. Siempre se ha portado bien con ella. Creí que después del diagnóstico sería más fácil la convivencia pero no. Es peor.

¿Cómo es que vive usted con ella?

No vivo con ella. No soy tan tonta. Esto es provisional.

Bell asintió.

Debería volver, dijo ella.

Está bien. ¿Tiene alguna arma?

Sí. Tengo una. Pensará que soy un buen cebo aquí sentada.

No lo sé.

Pero es lo que piensa.

Simplemente no veo que sea una situación agradable.

Ya.

Confío en que hable con él.

Necesito pensarlo.

De acuerdo.

Preferiría morirme y vivir eternamente en el infierno antes que traicionar a Llewelyn. Espero que lo entienda.

Sí. Lo entiendo.

Nunca he sabido cómo lidiar con este tipo de cosas. Y no creo que aprenda nunca.

Sí, señora.

Le diré una cosa si quiere usted saberla.

Quiero saberla.

A lo mejor me toma por un bicho raro.

A lo mejor.

O quizá ya se lo parezco.

No, señora.

Acabé el instituto con dieciséis años y conseguí un empleo en Wal-Mart. No sabía qué otra cosa hacer. Necesitábamos el dinero. Aunque fuera poco. En fin, la noche antes de empezar tuve un sueño. O creí que era un sueño. Me parece que todavía estaba medio despierta. Pero en el sueño o lo que fuera me daba cuenta de que si yo iba allí, al Wal-Mart, él me encontraría. No sabía quién era ni cómo se llamaba ni qué pinta tenía. Solo sabía que le conocería en cuanto le viera. Fui tachando los días en un calendario. Como cuando estás en la cárcel. Yo nunca he estado en la cárcel, pero bueno... Y el día que hacía noventa y nueve entró en la tienda y me preguntó dónde estaban los artículos de deporte y era él. Le dije dónde estaban y él me miró y siguió andando. Y al momento volvió y leyó mi etiqueta y me miró y pronunció mi nombre. ¿A qué hora terminas?, dijo. Y eso es todo. No tuve ninguna duda. Ni la tuve entonces ni la tengo ahora ni la tendré nunca.

Una bonita historia, dijo Bell. Confío en que el final sea feliz.

Pasó tal como se lo cuento.

La creo. Le agradezco que haya hablado conmigo. Me parece que debería dejarla marchar, ya es muy tarde.

Ella apagó el cigarrillo. Bueno, dijo. Siento que haya tenido que hacer todo este viaje para no sacar demasiado en claro.

Bell cogió su sombrero y se lo puso y se lo ajustó. Bien, dijo. Uno hace lo que puede. A veces las cosas salen bien.

¿De veras le importa?

¿Su marido?

Mi marido, sí.

Sí, señora. Me importa. La gente del condado de Terrell me contrató para que velara por ellos. Es mi trabajo. Me pagan para ser el primero que recibe. O que matan, para el caso. Es lógico que me importe.

Me pide que crea en lo que dice. Pero es usted quien lo dice.

Bell sonrió. Sí, señora, dijo. Soy yo quien lo dice. Solo espero que piense en lo que hemos hablado. No me invento nada cuando digo que su marido está en un buen lío. Si le matan tendré que apechugar con eso. Pero yo puedo hacerlo. Solo le pido que lo piense.

De acuerdo.

¿Puedo preguntarle algo?

Puede.

Sé que no se debe preguntar la edad a una mujer pero siento cierta curiosidad.

No importa. Tengo diecinueve años. Aparento menos.

¿Cuánto tiempo llevan casados?

Tres años. Casi.

Bell asintió. Mi mujer tenía dieciocho cuando nos casamos. Acababa de cumplirlos. Casarme con ella me compensa de todas las tonterías que he hecho en mi vida. Creo incluso que aún me quedan algunas en la cuenta. Diría que en ese sentido estoy en números negros. ¿Nos vamos?

Ella cogió su bolso y se levantó. Bill recogió la cuenta y se ajustó de nuevo el sombrero y salió del reservado. Ella se guardó los cigarrillos en el bolso y le miró. Le diré algo, sheriff. Diecinueve años es tiempo suficiente para saber que si tienes algo que lo es todo para ti es más que probable que te lo quiten. Con dieciséis años ya lo sabía. Pensaré en ello.

Bell asintió. No me son extraños esos pensamientos, Carla Jean. Me resultan muy familiares.

Estaba dormido en su cama y todavía era de noche cuando sonó el teléfono. Miró el viejo radiodespertador de la mesilla de noche y alargó la mano y cogió el teléfono. Sheriff Bell, dijo.

Escuchó durante un par de minutos. Luego dijo: Gracias por llamar. Sí. Esto es una guerra en toda regla. No sé qué otro nombre ponerle.

Se detuvo delante de la oficina del sheriff de Eagle Pass a las nueve y cuarto de la mañana y el sheriff y él tomaron café en la oficina y estudiaron las fotos tomadas tres horas antes en la calle a dos manzanas de allí.

Hay días en que me dan ganas de devolverles este maldito lugar, dijo el sheriff.

Te entiendo, dijo Bell.

Cadáveres en las calles. Los comercios acribillados a balazos. Los coches de la gente. ¿Cuándo se ha visto una cosa igual?

¿Podemos ir a echar un vistazo?

Sí. Podemos.

La calle estaba aún acordonada pero no había gran cosa que ver. La fachada del hotel Eagle estaba acribillada y había cristales rotos en la acera a ambos lados de la calle. Neumáticos y cristales reventados de los coches y agujeros en la plancha con pequeños círculos de acero desnudo alrededor. Habían remolcado el Cadillac y barrido los cristales y limpiado la sangre a manguerazos.

¿Quién crees que era el que estaba en el hotel?

Algún camello mexicano.

El sheriff se quedó fumando. Bell se alejó unos pasos. Se detuvo. Volvió por la acera, sus botas rechinando sobre los cristales rotos. El sheriff mandó el cigarrillo a la calle de un capirotazo. Si subes por Adams Street, a media manzana verás un rastro de sangre.

Alejándose de aquí, supongo.

Si tenía dos dedos de frente. Yo creo que los del coche quedaron atrapados en un fuego cruzado. Diría que estaban disparando hacia el hotel y hacia esa parte de la calle.

¿Qué crees que hacía el coche en medio del cruce?
No tengo ni idea, Ed Tom.
Fueron al hotel.
¿Qué clase de casquillos habéis recogido?
Casi todo nueve milímetros más algunas vainas de escopeta y unos cuantos del calibre 380. Tenemos una escopeta y dos ametralladoras.
¿Automáticas?
Pues claro. ¿Cómo no?
Cómo no.
Subieron las escaleras. El porche del hotel estaba sembrado de cristales y la madera acribillada.
El empleado de noche resultó muerto. No pudo tener peor suerte. Una bala perdida.
¿Dónde le dio?
Justo entre los ojos.
Entraron en el vestíbulo. Alguien había tirado un par de toallas sobre la sangre de la moqueta, detrás del mostrador, pero la sangre había empapado las toallas. No le dispararon un tiro, dijo Bell.
¿A quién?
Al empleado.
¿No le dispararon?
No, señor.
¿Qué te hace pensarlo?
Espera a que llegue el informe del laboratorio y verás.
¿Qué tratas de decir, Ed Tom? ¿Que le taladraron los sesos con un Black and Decker?
Algo parecido. Te dejaré que lo pienses.
De regreso a Sanderson empezó a nevar. Fue al juzgado y trabajó un rato con el papeleo y salió antes del anochecer. Cuando detuvo el coche en el camino particular detrás de la casa su mujer estaba mirando por la ventana de la cocina. Le sonrió. Los copos de nieve bailoteaban en la cálida luz amarilla.

Se sentaron a cenar en el pequeño comedor. Ella había puesto música, un concierto para violín. El teléfono no sonó.

¿Lo has descolgado?

No, dijo ella.

Estará cortada la línea.

Ella sonrió. Creo que es por la nevada. La gente se para a reflexionar.

Bell asintió con la cabeza. Entonces espero que haya una buena ventisca.

¿Recuerdas la última vez que nevó?

No, la verdad es que no. ¿Y tú?

Yo sí.

Cuándo fue.

Ya te acordarás.

Ah.

Ella sonrió. Siguieron comiendo.

Es bonito, dijo Bell.

¿El qué?

La música. La cena. Estar en casa.

¿Crees que ella te ha dicho la verdad?

Lo creo.

¿Crees que ese chico aún está con vida?

No lo sé. Espero que sí.

Puede que no vuelvas a tener noticias de todo este asunto.

Es posible. Pero eso no querría decir que hubiera terminado, ¿verdad?

No, supongo que no.

Es imposible que se sigan matando de esta manera cada dos por tres. Espero que tarde o temprano uno de esos cárteles coja las riendas y acabe negociando con el gobierno mexicano. Hay demasiado dinero en juego. Liquidarán a esos pobres chicos. Y no tardarán mucho.

¿Cuánto dinero calculas que tiene?

¿Quién, Moss?

Sí.

No sabría decirte. Pueden ser millones. Bueno, no demasiados. Llevaba el dinero encima e iba a pie.

¿Quieres un poco de café?

Sí, por favor.

Se levantó y fue al aparador y desenchufó la cafetera de filtro y la llevó a la mesa y le sirvió una taza y volvió a sentarse. Tú procura no volver muerto una de estas noches, dijo. Eso no pienso tolerarlo.

Entonces más vale que lo evite.

¿Crees que el chico mandará por ella?

Bell removió su café. Se quedó con la cucharilla humeante suspendida sobre la taza y luego la dejó en el platillo. No lo sé, dijo. Pero sé que si no lo hiciera sería muy tonto.

La oficina estaba en la planta decimoséptima con vistas al horizonte urbano de Houston y a las tierras bajas hasta el canal de paso y el bayou al fondo. Colonias de depósitos plateados. Fogonazos de gas, pálidos a la luz del día. Cuando Wells se presentó el hombre le dijo que entrara y le dijo que cerrara la puerta. Ni siquiera se volvió. Podía ver a Wells reflejado en el cristal. Wells cerró la puerta y se quedó en pie con las manos enlazadas al frente por las muñecas. Como habría hecho un empresario de pompas fúnebres.

Finalmente el hombre se dio media vuelta y le miró. Conoce a Anton Chigurh de vista, ¿es correcto?

Correcto, sí, señor.

¿Cuándo le vio por última vez?

El veintiocho de noviembre del año pasado.

¿A qué se debe que recuerde esa fecha?

No esa en concreto. Recuerdo fechas. Números.

El hombre asintió. Estaba de pie detrás de su escritorio. Era un escritorio de acero inoxidable y nogal y encima no había nada. Ni una fotografía ni un papel. Nada.

Parece ser que tenemos un elemento rebelde. Hemos perdido mercancía y nos falta un montón de dinero.

Sí, señor. Me hago cargo.

Se hace cargo.

Sí, señor.

Bien. Me alegro de que me siga.

Sí, señor. Le sigo.

El hombre abrió con llave un cajón del escritorio y sacó una pequeña caja metálica y la abrió y extrajo una tarjeta de crédito y cerró la caja con llave y la volvió a guardar. Sostuvo la tarjeta con dos dedos y miró a Wells y Wells se adelantó para cogerla.

Corre usted con sus gastos si no recuerdo mal.

Sí, señor.

Esta cuenta solo da mil doscientos dólares cada veinticuatro horas. No más.

Sí, señor.

¿Hasta qué punto conoce a Chigurh?

Bastante bien.

Eso no es una respuesta.

¿Qué es lo que quiere saber?

El hombre dio unos golpes en la mesa con los nudillos y levantó la vista. Me gustaría saber qué opinión le merece. En general. El invencible señor Chigurh.

Nadie es invencible.

Alguien lo es.

¿Por qué lo dice?

En alguna parte existe el hombre más invencible de todos. Igual que existe el más vulnerable.

¿Es una convicción que usted tiene?

No. Se llama estadística. ¿Hasta qué punto es peligroso?

Wells se encogió de hombros. ¿Comparado con qué? ¿Con la peste bubónica? Lo suficiente como para que usted me haya hecho venir. Es un asesino psicópata, ¿y qué? Los hay por todas partes.

Ayer se vio envuelto en un tiroteo en Eagle Pass.

¿Un tiroteo?

Un tiroteo. Muertos en la vía pública. Veo que no lee el periódico.

No, señor.

Miró detenidamente a Wells. Se diría que ha llevado usted una vida privilegiada, ¿no es cierto, señor Wells?

Con toda franqueza yo no diría que los privilegios hayan tenido nada que ver.

Bien, dijo el hombre. ¿Qué más?

Creo que eso es todo. ¿Eran hombres de Pablo?

Sí.

Está seguro.

No en un sentido literal. Pero razonablemente seguro, sí. No eran de los nuestros. Mató a otros dos hombres un par de días antes y esos sí eran nuestros. Más los tres tipos que se cargó unos días atrás. ¿De acuerdo?

De acuerdo. Creo que con eso basta.

Buena cacería, como solíamos decir. En aquellos tiempos. Hace años.

Gracias, señor. ¿Puedo preguntarle algo?

Claro.

No podría volver a subir en ese ascensor, ¿verdad?

A esta planta no. ¿Por qué?

Me interesaba saberlo. Seguridad. Siempre es interesante.

Se recodifica solo después de cada viaje. Un número de cinco dígitos generado aleatoriamente. No queda impreso en ninguna parte. Yo marco un número y el ascensor lee el código a través del teléfono. Yo se lo doy a usted y usted pulsa los dígitos. ¿Responde eso a su pregunta?

Muy bonito.

Sí.

He contado las plantas desde la calle.

¿Y?

Falta una.

Vaya, tendré que investigarlo.

Wells sonrió.

¿Sabrá salir solo de aquí?, dijo el hombre.

Sí.

Muy bien.

Una cosa más.

Diga.

Me preguntaba si podría validar el ticket del aparcamiento.

El hombre ladeó un poco la cabeza. Supongo que trata de hacer una gracia.

Lo siento.

Buenos días, señor Wells.

Bien.

Cuando Wells llegó al hotel las cintas de plástico habían desaparecido y los cristales y astillas habían sido barridos del vestíbulo y el hotel funcionaba con normalidad. Algunas puertas y dos de las ventanas estaban tapiadas con tablones y había un nuevo empleado en la recepción en lugar del antiguo. Usted dirá, dijo.

Necesito una habitación, dijo Wells.

Sí, señor. ¿Es usted solo?

Sí.

Y para cuántas noches.

Solo una.

El empleado le acercó el libro y se volvió para examinar las llaves que colgaban del tablón. Wells llenó el formulario. Imagino que estará cansado de que la gente se lo pregunte, dijo, pero ¿qué le ha pasado al hotel?

Se supone que no debo hablar de ello.

No se preocupe.

El empleado dejó la llave sobre el mostrador. ¿Pagará en efectivo o con tarjeta?

En efectivo. ¿Cuánto es?

Catorce dólares más impuestos.

Cuánto es. En total.

¿Perdón?

Digo que cuánto es en total. Tiene que decirme cuánto le debo. Deme una cifra. Todo incluido.

Sí, señor. Serán catorce con setenta.

¿Estaba usted aquí cuando pasó todo esto?

No, señor. Empecé ayer. Hoy es mi segundo turno.

Entonces, ¿de qué se supone que no debe hablar?

¿Perdón?

¿A qué hora termina?

¿Perdón?

Se lo diré de otra manera. A qué hora termina su turno.

El empleado era alto y flaco, tal vez mexicano o tal vez no. Sus ojos se movieron brevemente hacia el vestíbulo del hotel. Como si de allí pudiera obtener ayuda. He entrado a las seis, dijo. El turno termina a las dos.

¿Y quién viene a las dos?

No sé cómo se llama. Era el empleado de día.

No estaba aquí hace dos noches.

No, señor. Era el empleado de día.

El hombre que estuvo de servicio hace dos noches. ¿Dónde está?

Ya no trabaja con nosotros.

¿Tiene algún periódico de ayer?

El empleado retrocedió un paso y miró debajo del mostrador. No, señor, dijo. Creo que lo tiraron.

Está bien. Haga subir a un par de putas y una botella de whisky con un poco de hielo.

¿Cómo dice?

Solo le estoy tomando el pelo. Tiene que tranquilizarse. Esos no van a volver. Casi se lo puedo garantizar.

Sí, señor. Confío en que no lo hagan. Yo ni siquiera quería aceptar el empleo.

Wells sonrió. Dio dos golpecitos en la mesa de mármol con el llavín de cartón de fibra y subió las escaleras.

Le sorprendió encontrar las dos habitaciones clausuradas con cinta policial. Siguió andando hasta la suya y dejó la bolsa encima de la silla y sacó su recado de afeitar y entró en el cuarto de baño y encendió la luz. Se cepilló los dientes y se lavó la cara y volvió a la habitación y se tumbó en la cama. Al cabo de un rato se levantó y fue a la silla y giró la bolsa y abrió un compartimiento que había en el fondo y sacó una pistolera de ante. Descorrió la cremallera que tenía y sacó un revólver de acero inoxidable calibre 357 y volvió a la cama y se quitó las botas y se estiró de nuevo con la pistola al lado.

Cuando despertó era casi de noche. Se levantó y fue hasta la ventana y apartó el viejo visillo. Luces en la calle. Largos bancos de nubes de un rojo mate avanzaban movidas por el viento en el oeste casi oscuro. Tejados en un horizonte urbano bajo y escuálido. Se metió la pistola en el cinturón y se sacó los faldones de la camisa para cubrirla y salió y recorrió el pasillo en calcetines.

Tardó unos quince segundos en entrar en la habitación de Moss y cerró la puerta sin tocar la cinta policial. Se recostó en la puerta y olfateó la habitación. Luego se quedó allí de pie mirándolo todo.

Lo primero que hizo fue caminar cuidadosamente por la moqueta. Cuando pasó sobre el lugar donde habían movido la cama, la arrastró hacia el centro de la habitación. Se arrodilló y sopló el polvo y estudió la lanilla de la moqueta. Se incorporó y cogió las almohadas y las olió y las volvió a dejar. Dejó la cama atravesada y se acercó al armario y abrió las puertas y miró dentro y las volvió a cerrar.

Entró en el baño. Pasó el dedo índice alrededor del lavabo. Habían usado una manopla y una toalla de manos pero no así el jabón. Pasó el dedo por el borde de la bañera y luego se lo limpió en la costura del pantalón. Se sentó en la bañera y golpeó las baldosas con el pie.

La otra habitación era la número 227. Entró y cerró la puerta y se dio media vuelta. La cama no había sido usada. La puerta del baño estaba abierta. En el suelo una toalla ensangrentada.

Fue hasta allí y abrió la puerta del todo. Había una manopla manchada de sangre en el lavabo. La otra toalla faltaba. Huellas dactilares sucias de sangre. Otra huella igual en el borde de la cortina de baño. Espero que no te hayas metido en algún agujero, dijo. Quiero que me paguen.

A primera hora de la mañana ya estaba fuera recorriendo las calles y tomando notas mentalmente. Habían regado la calzada pero todavía se veían manchas de sangre en el cemento de la acera allí donde habían alcanzado a Moss. Volvió a la calle mayor y empezó de nuevo. Trocitos de cristal en las zanjas y en las aceras. Algunos de ventana y algunos de coches aparcados. Las ventanas acribilladas habían sido tapiadas con tablones pero se veían las marcas en los ladrillos o las manchas de plomo en forma de lágrima bajando por la fachada del hotel. Regresó andando al hotel y se sentó en los escalones y contempló la calle. El sol estaba asomando por encima del Aztec Theatre. Algo le llamó la atención en la segunda planta. Se levantó y cruzó la calle y subió la escalera. Dos agujeros de bala en la luna de la ventana. Llamó a la puerta y esperó. Luego abrió la puerta y entró.

Una habitación a oscuras. Leve olor a podrido. Permaneció de pie hasta que sus ojos se acostumbraron a la penumbra. Un saloncito. Una pianola o pequeño órgano contra la pared del fondo. Una cómoda con espejo. Una mecedora junto a la ventana y en ella una anciana repantigada.

Wells se acercó a la mujer y se la quedó mirando. Le habían disparado un tiro en la frente y se había doblado hacia delante dejando parte del cráneo y una cantidad apreciable de materia cerebral seca pegadas al respaldo de la mecedora. Tenía un periódico en el regazo y llevaba puesta una bata de algodón que estaba negra de sangre seca. Hacía frío en la habitación. Wells miró en derredor. Un segundo disparo había marcado una fecha en el calendario de la pared que era dentro de tres días. Imposible no fijarse en ello. Examinó el resto de la habitación. Sacó una cámara pequeña del bolsillo de su chaqueta y tomó un par de fotos de la anciana y volvió a guardarse la cámara. ¿Quién te lo iba a decir, verdad, cariño?, le soltó.

Moss despertó en una sala de hospital con sábanas colgadas entre él y la cama que tenía a su izquierda. Sombras chinescas allí. Voces hablando en español. Ruidos amortiguados de la calle. Una motocicleta. Un perro. Giró la cara en la almohada y se topó con los ojos de un hombre sentado en una silla metálica con un ramo de flores en la mano. ¿Cómo te encuentras?, dijo el hombre.

He estado mejor. ¿Quién eres?

Me llamo Carson Wells.

¿Quién eres?

Creo que ya lo sabes. Te he traído unas flores.

Moss giró la cabeza y se quedó mirando al techo. ¿Cuántos sois?

Bueno, yo diría que ahora mismo solo debes preocuparte de uno.

Tú.

Sí.

¿Y qué hay del tipo que fue al hotel?

Podemos hablar de él.

Habla entonces.

Puedo hacer que se vaya.

Eso puedo hacerlo yo solo.

Me parece que no.

Tienes derecho a opinar lo que quieras.

Si la gente de Acosta no se hubiera presentado cuando lo hizo dudo mucho que hubieras salido tan bien parado.

No salí muy bien parado.

Claro que sí. Extraordinariamente bien.

Moss giró la cabeza y miró de nuevo al hombre. ¿Desde cuándo estás aquí?

Más o menos una hora.

Ahí sentado.

Sí.

No tienes mucho que hacer, ¿eh?

Me gusta hacer una cosa cada vez, si te refieres a eso.

Pareces tonto de capirote ahí sentado.

Wells sonrió.

¿Por qué no dejas las malditas flores?

De acuerdo.

Wells se levantó y puso el ramo sobre la mesita de noche y volvió a sentarse en la silla.

¿Sabes qué son dos centímetros?

Claro. Una medida.

Aproximadamente tres cuartos de pulgada.

Y qué.

Es la distancia que le faltó a la bala para darte en el hígado.

¿Eso te ha dicho el médico?

Sí. ¿Sabes qué función tiene el hígado?

No.

Mantenerte con vida. ¿Sabes quién es el hombre que te disparó?

Quizá no me disparó él. Quizá fue uno de los mexicanos.

¿Sabes quién es ese hombre?

No. ¿Debería saberlo?

Porque no te conviene nada conocerle. La gente que se cruza en su camino suele tener un futuro muy breve. Inexistente, más bien.

Mejor para él.

No me estás escuchando. Tienes que prestar atención. Ese hombre no dejará de buscarte. Incluso si recupera el dinero. Eso le traerá sin cuidado. Aunque fueras a entregarle personalmente el dinero él te mataría igual. Por el mero hecho de haberle causado molestias.

Creo que hice algo más que causarle molestias.

Explícate.

Creo que le di.

¿Por qué lo crees?

Lo rocié de postas doble cero. Estoy seguro de que no le acariciaron precisamente.

Wells se apoyó en el respaldo. Miró detenidamente a Moss. ¿Crees que le mataste?

No lo sé.

Porque no le mataste. Salió a la calle y se cargó a todos los mexicanos y luego volvió al hotel. Como quien sale a comprar el periódico o a dar una vuelta.

Él no los mató a todos.

Mató a los que quedaban.

¿Me estás diciendo que no le di?

No lo sé.

O sea que no me lo vas a decir.

Como quieras.

¿Es colega tuyo?

No.

Pensaba que quizá era colega tuyo.

No mientas. ¿Cómo sabes que no va camino de Odessa?

¿Para qué iba a ir a Odessa?

Para matar a tu mujer.

Moss guardó silencio. Tumbado en las sábanas ásperas mirando al techo. Tenía dolores y la cosa iba a más. No sabes de qué mierda estás hablando, dijo.

Te he traído un par de fotos.

Se levantó y puso dos fotografías encima de la cama y volvió a sentarse. Moss las miró de reojo. ¿Qué conclusión se supone que he de sacar?, dijo.

Esas fotos las he tomado esta mañana. La mujer vivía en un apartamento del segundo piso de uno de los edificios contra los que disparaste. El cadáver sigue allí.

Me la estás pegando.

Wells le miró con atención. Luego volvió la cabeza hacia la ventana. Tú no tienes nada que ver con todo esto, ¿verdad?

No.

Pasabas por allí y te encontraste los vehículos.

No sé de qué me estás hablando.

No te llevaste la mercancía.

¿Qué mercancía?

La heroína. Tú no la tienes.

No. Yo no la tengo.

Wells asintió con la cabeza. Parecía pensativo. Quizá debería preguntarte qué piensas hacer.

Quizá debería preguntártelo yo.

Yo no pienso hacer nada. No tengo por qué. Tarde o temprano acudirás a mí. No tienes elección. Te daré el número de mi móvil.

¿Qué te hace pensar que no desapareceré del mapa?

¿Sabes cuánto tardé en localizarte?

No.

Unas tres horas.

Puede que la próxima vez no tengas tanta suerte.

Puede que no. Pero eso no sería una buena noticia para ti.

O sea que trabajabas con él.

Con quién.

Ese tipo.

Sí. Hace tiempo.

Cómo se llama.

Chigurh.

¿Higo?

Chigurh. Anton Chigurh.

¿Y cómo sabes que no haré un trato con él?

Wells se inclinó hacia delante con los antebrazos sobre las rodillas, los dedos entrelazados. Meneó la cabeza. No estás escuchando, dijo.

O quizá no me creo lo que dices.

Sí que lo crees.

Incluso podría cargármelo yo mismo.

¿Te duele mucho?

Un poco. Sí.

Te duele mucho. Eso impide pensar con claridad. Iré a buscar a la enfermera.

No necesito que me hagas favores.

Está bien.

¿Qué se supone que es el tipo ese, el supermalo de la película?

Yo no lo describiría así.

¿Cómo entonces?

Wells reflexionó. Creo que diría que carece de sentido del humor.

No es ningún delito.

No se trata de eso. Intento decirte algo.

Di.

No se puede hacer tratos con él. Deja que te lo diga otra vez. Aunque le entregaras el dinero él te mataría igual. Nadie que haya discutido siquiera con él ha vivido para contarlo. Todos están muertos. Tienes todas las de perder. Chigurh es muy suyo. Hasta se podría decir que es un hombre de principios. Principios que van más allá del dinero, las drogas o cosas así.

Entonces, ¿por qué me hablas de él?

Has sido tú el que ha preguntado.

¿Por qué me cuentas esto?

Supongo que porque me facilitaría las cosas hacerte entender la situación en que te encuentras. No sé nada de ti pero sí sé que no tienes madera para esto. Crees que sí, pero te equivocas.

Ya lo veremos.

Unos sí y otros no. ¿Qué hiciste con el dinero?

Me gasté unos dos millones en putas y whisky y el resto me lo pulí no sé cómo.

Wells sonrió. Se retrepó en la silla y cruzó las piernas. Llevaba unas botas de cocodrilo de mafioso. ¿Cómo crees tú que te encontró?

Moss no dijo nada.

¿Has pensado en eso?

Sé cómo me encontró. No volverá a pasar.

Wells sonrió. Más te vale, dijo.

Sí. Más me vale.

Había una jarra de agua sobre una bandeja de plástico en la mesilla de noche. Moss solo la miró por el rabillo del ojo.

¿Quieres un poco de agua?, dijo Wells.

Cuando quiera algo de ti serás el primer cabrón en enterarte.

Se llama transpondedor, dijo Wells.

Ya lo sé.

No es la única manera que tiene de localizarte.

Ya.

Yo podría decirte ciertas cosas que te sería útil saber.

Repito lo de antes. No necesito favores.

¿Y no quieres saber qué interés tengo en decírtelas?

Sé cuál es ese interés.

¿Cuál?

Prefieres hacer tratos conmigo que con ese higo o como se llame.

Sí. Deja que te traiga un poco de agua.

Vete al infierno.

Wells permaneció sentado en silencio con las piernas cruzadas. Moss le miró. Crees que puedes asustarme con lo de ese tipo. No sabes de qué estás hablando. Te liquidaré a ti también si es eso lo que buscas.

Wells sonrió. Ligero encogimiento de hombros. Se miró la puntera de la bota y descruzó las piernas y se pasó la puntera por detrás de los tejanos para quitarle el polvo y volvió a cruzar las piernas. ¿Tú qué haces?, dijo.

¿Cómo?

A qué te dedicas.

Estoy jubilado.

¿Qué hacías antes de jubilarte?

Soy soldador.

¿A soplete? ¿MIG? ¿TIG?

Lo que sea. Si hay algo que soldar yo lo sueldo.

¿Hierro fundido?

Sí.

No hablo de soldadura fuerte.

Yo no he dicho soldadura fuerte.

¿Azófar?

¿Qué te acabo de decir?

¿Estuviste en Vietnam?

Sí. Estuve.

Yo también.

Entonces, ¿qué somos? ¿Colegas?

Yo serví en las fuerzas especiales.

¿Te parece que tengo pinta de que me importe dónde carajo serviste?

Era teniente coronel.

Y una mierda.

Si tú lo dices...

A qué te dedicas ahora.

A buscar personas. Ajustar cuentas. Ese tipo de cosas.

Eres un pistolero.

Wells sonrió. Un pistolero.

Pues como lo llames.

La clase de gente que me contrata prefiere pasar desapercibida. No les gusta verse metidos en asuntos que suscitan interés. No les gusta salir en la prensa.

Puedes jurarlo.

Esto no terminará así como así. Aunque tuvieras suerte y te cargaras a uno o dos, cosa harto improbable, enviarían a otros. Nada cambiaría. Darán contigo. No tienes adónde ir. Súmale el hecho de que la gente que fue a entregar la mercancía no tiene eso tampoco. Adivina en quién tienen puestos los ojos. Por no hablar de la DEA y otros organismos policiales. Todo el mundo tiene el mismo nombre en la lista. Y es el único, no hay otro. Te convendría echarme un cable. De hecho yo no tengo ningún motivo para protegerte.

¿Te da miedo ese tipo?

Wells se encogió de hombros. Más bien diría que soy precavido.

No has mencionado a Bell.

Bell. Qué pasa.

No le tienes mucho en cuenta.

Ni mucho ni poco. Es un sheriff paleto de una ciudad cateta de un condado cateto. De un estado cateto. Voy a llamar a la enfermera. Lo estás pasando mal. Aquí tienes mi número. Quiero que pienses en todo lo que hemos hablado.

Se levantó y dejó una tarjeta al lado de las flores. Miró a Moss. Ahora piensas que no me vas a llamar pero lo harás. Procura no esperar demasiado. Ese dinero pertenece a mi cliente. Chigurh es un forajido. El tiempo no está de tu lado. Quizá podemos dejar que te quedes una pequeña parte. Pero si tengo que recuperar los fondos de manos de Chigurh entonces será demasiado tarde para ti. Y no digamos para tu mujer.

Moss guardó silencio.

Muy bien. No estaría mal que la llamaras. Cuando hablé con ella me pareció muy preocupada.

Cuando se hubo ido Moss volteó las fotos que había encima de la cama. Como un jugador de póquer comprobando sus cartas cubiertas. Miró la jarra de agua pero en ese momento entró la enfermera.

6

A los jóvenes de ahora parece que les cuesta crecer. No sé por qué. Quizá es que uno no crece más deprisa por más que quiera. A un primo mío lo nombraron agente del orden público cuando tenía dieciocho años. Por entonces ya estaba casado y tenía un hijo. Un amigo con el que me crié era predicador a esa misma edad. Pastor de una pequeña iglesia rural. Se marchó de allí para irse a Lubbock unos tres años después y cuando les dijo a todos que se marchaba se quedaron sentados en la iglesia llorando a lágrima viva. Mujeres y hombres por igual. Él los había casado y bautizado y enterrado. Tenía veintiún años, quizá veintidós. Cuando predicaba la gente solía escucharle de pie en el cercado. Eso me sorprendió. En el colegio siempre era muy callado. Yo entré en el ejército a los veintiún años y en el campamento era uno de los mayores de mi compañía. Seis meses después estaba en Francia pegando tiros con un rifle. En aquel entonces ni siquiera me pareció raro disparar a la gente. Cuatro años más tarde ya era sheriff de este condado. Tampoco dudé de que eso era lo que iba a ser. A la gente de ahora les hablas del bien y del mal y te expones a que se sonrían. Pero yo nunca tuve muchas dudas acerca de cosas así. Cuando pensaba en cosas así. Y espero no tenerlas nunca.

Loretta me dijo que había oído por la radio que no sé qué porcentaje de niños en este país son criados por sus abuelos. No recuerdo qué tanto por ciento. Bastante alto, me pareció. Los padres no querían educarlos. Estuvimos hablando de eso. Lo que pensamos fue que cuando llegue la próxima generación y tampoco quieran educar a sus hijos, ¿quién lo va a hacer? Sus propios padres serán los únicos abue-

los a mano y ellos no querrán hacerlo. No se nos ocurrió ninguna respuesta. Cuando tengo un día bueno me parece que hay algo que no sé o que hay algo que no tengo en cuenta. Pero esos momentos son los menos. A veces me despierto de noche y sé como que existe la muerte que no hay nada que pueda detener este tren como no sea el segundo advenimiento de Cristo. No sé qué sentido tiene que me quede en vela pensando estas cosas. Pero lo hago.

No creo que este trabajo se pudiera hacer sin una esposa. Una esposa bonita y poco común, eso sí. Cocinera y carcelera y no sé cuántas cosas más. Esos chicos no saben la suerte que tienen. Bueno, quizá sí. Siempre supe que ella no corría peligro. Tienen productos frescos del huerto durante gran parte del año. Buen pan de maíz. Alubias. Es sabido que ella les prepara hamburguesas y patatas fritas. Algunos de ellos han vuelto al cabo de los años y estaban casados y les iba bien. Trajeron a sus mujeres. Incluso a sus hijos. No vinieron a verme a mí. Los he visto presentar a sus esposas o a sus novias y luego echarse a llorar. Hombres hechos y derechos. Que habían cometido delitos importantes. Ella sabía lo que se hacía. Siempre lo ha sabido. Así que cada mes nos pasamos de presupuesto con la cárcel, pero ¿qué se le va a hacer? No se le va a hacer nada. Eso es lo que se le va a hacer.

Chigurh se desvió de la carretera en el empalme con la 131 y abrió el listín de teléfonos sobre su regazo y fue pasando las páginas manchadas de sangre hasta que encontró un veterinario. Había una clínica a las afueras de Bracketville como a media hora de camino. Miró la toalla que envolvía su pierna. Estaba empapada de sangre y la sangre había empapado el asiento. Tiró el listín al suelo y se quedó con las manos en lo alto del volante. Estuvo así sentado unos tres minutos. Luego arrancó y volvió a la carretera.

Condujo hasta el cruce de La Pryor y tomó al norte en dirección a Uvalde. Notaba el bombeo de la sangre en su pierna. Antes de llegar a Uvalde se detuvo delante de la Cooperativa y deshizo el nudo del cordel que llevaba alrededor de la pierna y retiró la toalla. Luego se apeó y entró cojeando.

Compró toda una bolsa de artículos de veterinario. Algodón y esparadrapo y gasa. Una jeringa de pera y un frasco de agua oxigenada. Unas pinzas. Tijeras. Varios paquetes de torundas y un frasco grande de Betadine. Pagó y salió y montó en el Ramcharger y puso el motor en marcha y luego se quedó observando el edificio por el retrovisor. Como si estuviera pensando en algo más que pudiera necesitar, pero no era eso. Metió los dedos por el puño de su camisa y se secó el sudor de los ojos con cuidado. Luego arrancó y dio marcha atrás y se incorporó a la carretera camino de la ciudad.

Tomó la calle mayor y torció al norte por Getty y luego al este por Nopal, donde aparcó y apagó el motor. La pierna le sangraba todavía. Sacó las tijeras de la bolsa y el esparadrapo y recortó un redondel de ocho centímetros de la caja de cartón que contenía el algodón hidrófilo. Se lo metió en el bolsillo de la camisa junto con el esparadrapo. Cogió una percha del suelo, detrás del asiento, y retorció los extremos y la enderezó. Luego se inclinó y abrió su bolsa de viaje y sacó una camisa y cortó una manga con las tijeras y la dobló y se la metió en el bolsillo y devolvió las tijeras a la bolsa de la Cooperativa y abrió la puerta y se apeó con dificultad, levantándose la pierna herida con las dos manos bajo la rodilla. Se quedó de pie, apoyándose en la puerta del vehículo. Luego se dobló hacia delante con la cabeza sobre el pecho y estuvo así durante casi un minuto. Luego se enderezó y cerró la puerta y echó a andar.

Frente al drugstore de la calle mayor se detuvo y se recostó en un coche aparcado allí. Oteó la calle. No venía nadie. Desenroscó el tapón del depósito de gasolina y cubrió la percha con la manga de camisa y la introdujo en el depósito y la volvió a sacar. Aseguró el cartón con esparadrapo al depósito abierto y apelotonó allí la manga mojada de gasolina y la fijó con esparadrapo y le prendió fuego y entró en el drugstore. Iba por la mitad del pasillo hacia la sección de farmacia cuando el coche explotó en llamas reventando casi todos los cristales de la fachada del comercio.

Cruzó la pequeña cancela y recorrió los pasillos de la farmacia. Encontró un paquete de jeringas y un frasco de tabletas de Hydrocodone y desanduvo el camino en busca de penicilina. No encontró, pero sí tetraciclina y sulfamidas. Se metió estas cosas en el bolsillo y salió de detrás del mostrador en el anaranjado fulgor del incendio y cogió del pasillo un par de muletas de aluminio y abrió la puerta de atrás y salió al aparcamiento de gravilla de detrás de la tienda. La alarma de la puerta se disparó pero nadie hizo el menor caso y Chigurh no había mirado siquiera una vez hacia la fachada de la tienda que ahora estaba en llamas.

Paró en un motel a las afueras de Hondo y tomó una habitación al final del edificio y entró y dejó la bolsa encima de la cama. Metió la pistola debajo de la almohada y entró en el cuarto de baño con la bolsa de la Cooperativa y tiró el contenido a la pica del lavabo. Se vació los bolsillos y lo dejó todo sobre la repisa: llaves, cartera, viales de antibiótico y jeringas. Se sentó en el borde de la bañera y se quitó las botas y alargó la mano y puso el tapón y abrió el grifo. Luego se desnudó y se metió en la bañera mientras se iba llenando.

Tenía la pierna negra y azul y muy hinchada. Parecía una mordedura de serpiente. Se aplicó agua a las heridas con una manopla. Giró la pierna en el agua y examinó la herida de salida. Fragmentos de tela adheridos al tejido. El agujero era lo bastante grande para meter el pulgar.

Cuando salió de la bañera el agua era de un rosa pálido y los agujeros de su pierna seguían rezumando sangre diluida con suero. Metió las botas en el agua y se secó con la toalla y se sentó en el váter y cogió del lavabo el frasco de Betadine y el paquete de torundas. Abrió el paquete con los dientes y desenroscó el frasco y lo inclinó despacio sobre las heridas. Luego dejó el frasco y empezó a extraer los fragmentos de tela, utilizando las torundas y las pinzas. Se sentó con el agua corriendo en el lavabo y descansó. Sostuvo el extremo de las pinzas bajo el grifo y las sacudió y siguió con su trabajo.

Cuando hubo terminado desinfectó la herida una vez más y abrió paquetes de gasas y las fue aplicando a los orificios de la pierna y las sujetó con vendas de un rollo para ovejas y cabras. Luego se levantó y llenó de agua el vaso de plástico del lavabo y bebió. Lo llenó y bebió dos veces más. Luego regresó al dormitorio y se estiró en la cama con la pierna apoyada en las almohadas. Aparte de un ligero sudor en la frente pocos indicios había de que sus afanes le hubieran costado el menor esfuerzo.

Cuando volvió al baño sacó una de las jeringas de su envase de plástico e introdujo la aguja por el sello del vial de tetraciclina y aspiró hasta llenar el receptáculo de cristal y lo puso a la luz y presionó el émbolo con el pulgar hasta que una gotita asomó por la punta de la aguja. Luego dio dos golpes a la jeringa con el dedo y se inclinó e introdujo la aguja en el cuádriceps de su pierna derecha y oprimió lentamente el émbolo.

Estuvo cinco días en el motel. Cojeando en muletas hasta el bar para comer y de vuelta a la habitación. Dejaba el televisor encendido y se instalaba en la cama y no cambió de canal una sola vez. Miraba lo que ponían. Vio telecomedias y noticias y programas de entrevistas. Cambiaba el vendaje dos veces al día y limpiaba las heridas con solución de epsomita y tomaba los antibióticos. Cuando la muchacha acudió el primer día a limpiar él fue a abrir y le dijo que no necesitaba nada. Solo toallas y jabón. Le dio diez dólares y ella tomó el dinero y se quedó allí sin saber qué hacer. Le dijo lo mismo en español y ella asintió y se guardó el dinero en el delantal y se alejó por la acera con su carrito y él se quedó allí mirando los coches en el aparcamiento y luego cerró la puerta.

La quinta noche mientras estaba en el bar dos ayudantes del sheriff del condado de Valdez entraron y tomaron asiento y se quitaron los sombreros y los dejaron cada cual en la silla vacía que tenía al lado y cogieron la carta de su soporte cromado y la abrieron. Uno de ellos le miró. Chigurh lo observó todo sin volver la cabeza ni mirar. Los policías hablaron. Luego el otro le miró también. Entonces llegó la camarera. Chigurh terminó su café y se levantó y dejó el dinero en la mesa y salió. Había dejado las muletas en la habitación y caminó despacio y con paso regular frente a la ventana del bar tratando de disimular la cojera. Pasó de largo su habitación y siguió hasta el final del edificio y dio la vuelta. Miró el Ramcharger aparcado en un extremo del recinto. No era posible verlo desde la recepción ni desde el restaurante. Volvió a su habitación y metió en la bolsa su recado de afeitar y la pistola y cruzó el aparcamiento y subió al Ramcharger y arrancó y cruzó al aparcamiento de la tienda de electrónica colindante pasando sobre la divisoria de cemento y salió a la carretera.

Wells estaba en el puente y el viento que soplaba del río alborotaba su pelo ralo color de arena. Giró y se apoyó en la cerca y levantó la pequeña cámara barata que llevaba y tomó una foto de nada en particular y volvió a bajar la cámara. Se encontraba donde había estado Moss cuatro noches atrás. Examinó la sangre en la acera. Allí donde desaparecía del todo se detuvo y se quedó con los brazos cruzados y la barbilla en la mano. No se molestó en sacar una foto. No había nadie mirando. Contempló el agua verde y pausada río abajo. Caminó una docena de pasos y volvió. Salió a la calzada y cruzó al otro lado del puente. Pasó un camión. Ligero temblor en la superestructura. Continuó andando por la acera y luego se detuvo. Un perfil desdibujado de una bota manchada de sangre. Después otra huella más tenue aún. Examinó la cerca de cadena para ver si había sangre en los cables. Se sacó el pañuelo del bolsillo y lo humedeció con la lengua y lo pasó entre los rombos. Se quedó mirando al río. Allá abajo en el lado norteamericano una calle. Entre la calle y el río un carrizal espeso. Las cañas se agitaban suavemente con el viento. Si Moss había introducido el dinero en México, adiós dinero. Pero no lo había hecho.

Wells volvió a examinar las pisadas. Unos mexicanos se acercaban por el puente con sus cestos y paquetes. Sacó la cámara y tomó una foto del cielo, del río, del mundo.

Bell estaba sentado a su mesa firmando talones y sumando cifras en una calculadora de bolsillo. Cuando hubo terminado se retrepó en la butaca y contempló por la ventana el sombrío césped del juzgado. Molly, dijo.

Ella acudió y esperó junto a la puerta.

¿Has averiguado algo de esos vehículos?

Sheriff, he averiguado todo lo que se podía averiguar. Esos vehículos están registrados a nombre de personas fallecidas. El propietario de ese Blazer murió hace veinte años. ¿Quería que intentara averiguar algo de los mexicanos?

No. Por Dios. Aquí tienes los cheques.

Molly entró y cogió de la mesa el grueso talonario de imitación cuero y se lo puso bajo el brazo. El agente de la DEA ha vuelto a llamar. ¿No quiere hablar con él?

Mi intención es evitarlo todo lo que pueda.

Ha dicho que iba para allá y quería saber si quería usted ir con él.

Muy amable de su parte. Supongo que puede ir a donde le dé la gana. Es un agente del gobierno de Estados Unidos.

Quería saber qué iba a hacer usted con los vehículos.

Ya. Voy a ver si los vendemos en subasta. Dinerito para el condado. Uno de ellos lleva un motor impresionante. Creo que podríamos sacar unos cuantos dólares. ¿No hay noticias del señor Moss?

No, señor.

Está bien.

Miró el reloj en la pared de la oficina contigua. Hazme un favor, llama a Loretta y dile que he ido a Eagle Pass y que la llamaré desde allí. Se lo diría yo pero va a querer que pase antes por casa y quizá me convence.

¿Espero hasta que salga usted del edificio?

Sí.

Retiró la butaca y se levantó y agarró su cartuchera del colgador que había detrás del escritorio y se la echó al hombro y cogió su sombrero y se lo puso. ¿Qué fue lo que dijo Torbert hablando de la verdad y la justicia?

Dedicamos a ello nuestro esfuerzo diario. O algo así.

Creo que yo tendré que empezar a dedicarle dos esfuerzos diarios. Y puede que sean tres antes de que todo esto termine. Hasta mañana.

Paró en la cafetería y pidió un café para el camino y fue hacia su coche en el momento en que el camión de plataforma se acercaba por la calle. Todo cubierto de polvo gris del desierto.

Se detuvo a mirarlo y luego montó en el coche patrulla y dio la vuelta y adelantó al camión y lo hizo parar. Cuando se apeó y fue hacia el vehículo el conductor estaba al volante mascando chicle y observándole con una especie de bonachona arrogancia.

Bell apoyó una mano en la cabina y miró al conductor. El conductor saludó con la cabeza. Sheriff, dijo.

¿Te has fijado en cómo llevas la carga?

El hombre miró por el retrovisor. ¿Qué problema hay, sheriff?

Bell se apartó del vehículo. Haz el favor de bajar, dijo.

El hombre abrió la puerta y se apeó. Bell señaló con la cabeza hacia la plataforma. Eso es una atrocidad, dijo.

El hombre fue a la parte de atrás y echó un vistazo. Uno de los amarres se ha soltado, dijo.

Agarró la esquina suelta de la lona y tiró para cubrir totalmente los cuerpos que yacían en la plataforma, cada uno envuelto en plástico azul reforzado y atado con cinta adhesiva industrial. Eran ocho y parecían eso precisamente. Muertos envueltos y atados.

¿Cuántos llevabas?, dijo Bell.

No he perdido ninguno, sheriff.

¿No podíais haber ido a buscarlos con una furgoneta?

No teníamos ninguna que fuera cuatro por cuatro.

Hizo un nudo en la esquina de la lona y se quedó allí de pie.

Está bien, dijo Bell.

¿Me va a multar por llevar la carga mal asegurada?

Lárgate de aquí.

Llegó al puente del río Devil cuando se ponía el sol y a medio cruzar detuvo el coche y encendió las luces del techo y desmontó y cerró la puerta y rodeó el vehículo por delante y se quedó apoyado en el tubo de aluminio que servía de barandilla. Viendo ponerse el sol sobre el embalse al otro lado del puente del ferrocarril. Un camión articulado que se acercaba en dirección oeste por la larga curva del puente redujo la marcha cuando vio las luces. El camionero sacó la cabeza por la ventana al pasar. No salte, sheriff. Ella no vale tanto. Y se alejó en medio de un largo remolino de viento, el motor diésel acelerando y el conductor haciendo doble embrague y cambiando de marcha. Bell sonrió. Lo cierto, dijo, es que vale eso y más.

Unos tres kilómetros pasado el cruce de la 481 con la 57, la caja que descansaba en el asiento del copiloto emitió un pitido y enmudeció de nuevo. Chigurh se arrimó al arcén y paró el motor. Cogió la caja y le dio la vuelta y la volvió a girar. Ajustó los botones. Nada. Se incorporó de nuevo a la calzada. El sol encharcado ante él en unas lomas azules. Desangrándose lentamente. Un crepúsculo fresco y sombreado posándose sobre el desierto. Se quitó las gafas de sol y las metió en la guantera y cerró la puerta de la guantera y encendió las luces. Al hacerlo la caja empezó a pitar a un ritmo lento.

Aparcó detrás del hotel y se apeó y rodeó el vehículo cojeando con la caja y la escopeta y la pistola metidas en la bolsa de cremallera y cruzó el aparcamiento y subió los escalones del hotel.

Tomó una habitación y cogió la llave y subió cojeando los escalones y fue por el pasillo hasta su habitación y entró y cerró con llave y se tumbó en la cama mirando al techo con la escopeta cruzada sobre el pecho. No se le ocurría ningún motivo para que el dispositivo emisor del transpondedor estuviera en el hotel. Descartó a Moss porque pensaba que casi con toda seguridad estaba muerto. Eso dejaba a la policía. O a algún agente del Matacumbe Petroleum Group. Que debía de pensar que él pensaba que ellos pensaban que él pensaba que eran muy tontos. Lo meditó.

Cuando despertó eran las diez y media de la noche y se quedó tumbado en la semioscuridad y la quietud pero ya conocía la respuesta. Se levantó y escondió la escopeta detrás de las almohadas y se metió la pistola por la cintura del pantalón. Luego salió y bajó a la recepción del hotel.

El empleado estaba sentado leyendo una revista y cuando vio a Chigurh metió la revista bajo el mostrador y se levantó. Usted dirá, dijo.

Me gustaría ver el registro.

¿Es usted policía?

No.

Entonces me temo que no puedo complacerle.

Sí que puede.

Cuando volvió a subir se detuvo a escuchar en el pasillo frente a la puerta de su habitación. Entró y agarró la escopeta y el receptor y luego fue a la habitación clausurada con cinta y arrimó la caja a la puerta y la conectó. Fue hasta la segunda puerta y verificó allí la recepción. Luego volvió a la primera habitación y abrió la puerta con la llave que había cogido del tablón y se parapetó de espaldas a la pared del pasillo.

Oyó ruido de tráfico rodado más allá del aparcamiento pero seguía pensando que la ventana estaba cerrada. El aire no se movía. Atisbó rápidamente en la habitación. La cama separada de la pared. La puerta del baño abierta. Comprobó el seguro de la escopeta. Cruzó el umbral y se situó al otro lado de la puerta.

No había nadie dentro. Hizo un barrido con el aparato y encontró el dispositivo emisor en el cajón de la mesita de noche. Se sentó en la cama y examinó el dispositivo. Una tableta de metal bruñido del tamaño de una ficha de dominó. Observó el aparcamiento desde la ventana. La pierna le dolía. Se metió el dispositivo en el bolsillo y apagó el receptor y se levantó y salió de la habitación cerrando la puerta. Dentro de la habitación sonó el teléfono. Chigurh pensó en ello durante un minuto. Finalmente dejó el transpondedor en el alféizar del pasillo y dio media vuelta y bajó al vestíbulo.

Y allí esperó a Wells. Nadie lo habría hecho. Se sentó en un sillón de piel arrimado a un rincón desde el que podía ver la puerta principal y la parte de atrás del vestíbulo. Wells entró a las once y media y Chigurh se levantó y lo siguió escaleras arriba, la escopeta envuelta de cualquier manera con el periódico que había estado leyendo. A mitad de la escalera Wells se volvió y miró y Chigurh dejó caer el periódico y levantó el arma al nivel de su cintura. Hola, Carson, dijo.

Fueron a la habitación de Wells. Wells se sentó en la cama y Chigurh en la silla junto a la ventana. No tienes por qué hacer esto, dijo Wells. Yo soy un simple trabajador. Podría marcharme tranquilamente a casa.

Ya.

Te recompensaría por tus esfuerzos. Te llevaría a un cajero automático. Y luego cada cual por su lado. Hay unos catorce mil en juego.

Bonita paga.

Eso creo yo.

Chigurh miró por la ventana, la escopeta apoyada en sus rodillas. Que me hirieran me ha hecho cambiar, dijo. Ha cambiado mi manera de pensar. En cierto modo he dado un paso adelante. Algunas cosas que antes no encajaban ahora encajan. Yo creía que sí, pero no encajaban. No se me ocurre otra manera de explicarlo que decir que me he puesto al día conmigo mismo. Y no es mala cosa. Lo tenía pendiente.

Sigue siendo una bonita paga.

Sí. Pero en una moneda que no me conviene.

Wells calculó la distancia que los separaba. No tenía sentido. Quizá veinte años atrás sí. O ni siquiera entonces. Haz lo que tengas que hacer, dijo.

Chigurh estaba repantigado en la silla con el mentón apoyado en los nudillos. Observando a Wells. Observando sus últimos pensamientos. Chigurh ya había pasado por esto. Y Wells también.

La cosa empezó antes de eso, dijo. Solo que entonces no me di cuenta. Cuando bajé a la frontera paré en un bar de la ciudad y había allí algunos hombres bebiendo cerveza y uno de ellos no dejaba de mirarme. Yo no le presté atención. Pedí la cena y comí. Pero cuando fui al mostrador para pagar la cuenta tuve que pasar al lado de ellos y vi que intercambiaban risitas y el tipo dijo algo de lo que era difícil desentenderse. ¿Sabes lo que hice?

Sí. Sé lo que hiciste.

No le hice ni caso. Pagué la cuenta y ya estaba en la puerta cuando volvió a decirlo. Me volví y le miré. Yo estaba allí escarbándome los dientes con un palillo e hice un leve ademán con la cabeza. Para que el tipo saliera. Si quería. Y luego salí. Esperé en el aparcamiento. Y él salió con sus amigos y yo le maté en el aparcamiento y luego monté en el coche. Estaban todos alrededor de él. No sabían lo que había pasado. No sabían que estaba muerto. Uno de ellos dijo que yo le había noqueado y entonces los otros también dijeron lo mismo. Estaban tratando de incorporarle. Una hora después me paró un ayudante del sheriff a las afueras de Sonora y permití que me llevara a la ciudad esposado. No estoy seguro de por qué lo hice pero creo que quería saber si sería capaz de salir del atolladero mediante un acto de voluntad. Porque yo creo que eso es posible, que se puede hacer. Pero fue una estupidez. Pura vanidad. ¿Lo entiendes?

¿Que si lo entiendo?

Sí.

¿Tú te das cuenta de que estás como una auténtica cabra?

Si entiendes el sentido de la conversación…

No tiene ningún sentido, igual que tú.

Chigurh se apoyó en el respaldo. Miró detenidamente a Wells. Dime una cosa, le dijo.

Qué.

Si la norma que seguías te ha llevado a esto, ¿de qué te ha servido la norma?

No sé de qué me estás hablando.

Estoy hablando de tu vida. En la cual ahora puede verse todo de una vez.

No me interesan tus patrañas, Anton.

Pensaba que quizá querrías justificarte.

No tengo nada que justificar.

A mí no. A ti mismo. Pensaba que quizá tendrías algo que decir.

Vete al infierno.

Me sorprendes, eso es todo. Esperaba algo diferente. Esto pone en cuestión cosas pasadas. ¿No te parece?

¿Crees que me cambiaría por ti?

Lo creo. Yo estoy aquí y tú allá. Dentro de unos minutos yo todavía estaré aquí.

Wells miró por la ventana. Sé dónde está el maletín, dijo.

Si supieras dónde está lo tendrías.

Pensaba esperar hasta que no hubiera nadie. Hasta la noche. Las dos de la madrugada, más o menos.

Sabes dónde está el maletín.

Sí.

Yo sé algo mejor.

El qué.

Sé dónde va a estar.

Dónde.

Alguien me lo traerá y lo pondrá a mis pies.

Wells se pasó el dorso de la mano por la boca. No te costaría nada. Es a unos veinte minutos de aquí.

Sabes que eso no va a pasar, ¿verdad?

Wells no respondió.

¿Verdad?

Vete al infierno.

Piensas que puedes aplazarlo con la mirada.

¿Qué quieres decir?

Crees que mientras me sigas mirando puedes aplazarlo.

No creo eso.

Sí que lo crees. Deberías reconocer tu situación. Sería una actitud más digna. Solo trato de ayudarte.

Qué hijo de puta.

Crees que no cerrarás los ojos. Pero lo harás.

Wells no dijo nada. Chigurh le observó. Sé qué más estás pensando, dijo.

Tú no sabes lo que pienso.

Crees que soy como tú. Que es solo codicia. Pero no soy como tú. Llevo una vida sencilla.

Hazlo de una vez.

No lo entenderías. Un hombre como tú.

Hazlo ya.

Sí, dijo Chigurh. Siempre dicen eso. Pero no va en serio, ¿eh?

Eres un mierda.

Es inútil, Carson. Tienes que dominarte. Si tú no me respetas, ¿qué debes de pensar de ti? Mira dónde estás.

Crees que estás al margen de todo, dijo Wells. Pero no es así.

De todo no.

No estás al margen de la muerte.

Eso no significa lo mismo para mí que para ti.

¿Crees que me da miedo morir?

Sí.

Hazlo ya. Hazlo y muérete.

No es lo mismo, dijo Chigurh. Has renunciado a cosas durante años para llegar aquí. Creo que no lo he entendido nunca. ¿Cómo decide uno en qué orden abandonar su vida? Estamos en el mismo oficio. Hasta cierto punto. ¿Tanto me despreciabas? ¿Se puede saber por qué? ¿Cómo has permitido llegar a esta situación?

Wells miró hacia la calle. ¿Qué hora es?, dijo.

Chigurh levantó la muñeca y se miró el reloj. Las once cincuenta y siete, dijo.

Wells asintió con la cabeza. Según el calendario de la vieja me quedan aún tres minutos. Al cuerno con todo. Creo que hace tiempo que me lo veía venir. Casi como un sueño. Un *déjà vu*. Miró a Chigurh. No me interesan tus opiniones, dijo. Hazlo ya, maldito psicópata. Hazlo y púdrete en el infierno.

Entonces sí cerró los ojos. Cerró los ojos y giró la cabeza y levantó una mano para repeler lo que no podía ser repelido. Chigurh le disparó a la cara. Todo cuanto Wells había sabido o pensado o amado en su vida se escurrió lentamente por la pared que tenía detrás. El rostro de su madre, su primera comunión, mujeres que había conocido. Los rostros de hombres en el momento de morir arrodillados ante él. El cuerpo de un niño muerto en un barranco junto al camino en otro país. Quedó tumbado en la cama sin media cabeza y con los brazos extendidos y la mano derecha prácticamente desaparecida. Chigurh se levantó y recogió de la alfombra el casquillo vacío y sopló y se lo guardó en el bolsillo y miró el reloj. Faltaba un minuto para el nuevo día.

Bajó por la escalera de atrás y cruzó el aparcamiento hasta el coche de Wells y buscó la llave en el llavero que le había cogido a Wells y abrió la puerta y registró el coche por delante y por detrás y bajo los asientos. Era un coche alquilado y no había nada dentro salvo el contrato de alquiler en el bolsillo de la puerta. Cerró la puerta y fue a abrir el maletero. Nada. Rodeó el coche por el lado del conductor y abrió la puerta y tiró de la palanca del capó y salió y abrió el capó y miró en el compartimiento del motor y luego cerró el capó y se quedó mirando al hotel. Mientras estaba allí de pie sonó el teléfono de Wells. Se sacó el teléfono del bolsillo y pulsó el botón y se llevó el aparato al oído. Sí, dijo.

Moss recorrió la sala de punta a punta sosteniéndose en el brazo de la enfermera. Ella le iba diciendo palabras de ánimo en español. Al llegar al final dieron media vuelta. El sudor perlaba su frente. *Ándale*, dijo ella. *Qué bueno*. Él asintió. Y tan *bueno*, joder, dijo.

Un sueño inquietante le despertó en mitad de la noche y caminó como pudo por el pasillo y pidió hablar por teléfono. Marcó el número de Odessa y se apoyó pesadamente en el mostrador mientras lo oía sonar. Muchos tonos. Al final contestó la madre de ella.

Soy Llewelyn.

No quiere hablar contigo.

Sí que quiere.

¿Sabes qué hora es?

Me da igual la hora. Por favor, no cuelgue el teléfono.

Yo ya le dije lo que iba a pasar. Con pelos y señales. Esto es lo que va a pasar, le dije. Y ahora ha pasado.

No cuelgue. Vaya a buscarla y dígale que se ponga.

Cuando ella cogió el teléfono dijo: No pensaba que me fueras a hacer esto.

Hola, cariño, ¿cómo estás? ¿Te encuentras bien, Llewelyn? ¿Qué pasa, has olvidado ya estas palabras?

Dónde estás.

En Piedras Negras.

¿Y qué hago yo, Llewelyn?

¿Estás bien?

No, no estoy nada bien. ¿Cómo quieres que esté? No para de llamar gente preguntando por ti. El otro día estuvo aquí el sheriff del condado de Terrell. Se presentó por las buenas. Creí que habías muerto.

No he muerto. ¿Qué le dijiste?

¿Qué querías que le dijera?

Quizá te engatusó para que dijeras algo.

Estás herido, ¿verdad?

¿Por qué lo dices?

Te lo noto en la voz. ¿Estás bien?

Sí.

¿Dónde estás?

Ya te lo he dicho.

Suena como si estuvieras en una parada de autobús.

Creo que deberías marcharte de ahí, Carla Jean.

¿De dónde?

De esa casa.

Me asustas, Llewelyn. ¿Marcharme para ir adónde?

No importa. Pero creo que deberías salir de esa casa. Puedes ir a un motel.

¿Y qué hago con mamá?

A ella no le pasará nada.

¿No le pasará nada?

No.

Eso no lo sabes.

Llewelyn no respondió.

¿Verdad que no?

No, pero no creo que nadie la moleste.

¿Lo crees?

Tienes que marcharte. Llévala contigo.

No puedo llevarme a mamá a un motel. Está enferma, no sé si te acuerdas.

¿Qué dijo el sheriff?

Que te estaba buscando, ¿qué crees que dijo?

Qué más.

Ella no respondió.

Carla Jean.

Parecía que estuviera llorando.

¿Qué más te dijo, Carla Jean?

Dijo que te estabas buscando que te mataran.

Así que eso dijo.

Ella permaneció un buen rato callada.

¿Carla Jean?

Llewelyn, yo ya no quiero ese dinero. Solo quiero que volvamos a estar como estábamos.

Lo estaremos.

No. Lo he pensado mucho. Es un falso dios.

Sí. Pero es dinero contante y sonante.

Ella pronunció de nuevo su nombre y luego sí rompió a llorar. Él trató de hablarle pero ella no respondía. Se quedó escuchando cómo sollozaba bajito en Odessa. ¿Qué quieres que haga?, dijo.

Ella no respondió.

Carla Jean.

Quiero que las cosas vuelvan a ser como antes.

Si te prometo que intentaré arreglarlo, ¿harás lo que te he pedido?

Lo haré.

Tengo aquí un número de teléfono. De alguien que puede ayudarnos.

¿Es de fiar?

No lo sé. Solo sé que no puedo confiar en nadie más. Te llamaré mañana. No pensé que pudieran localizarte ahí en Odessa o no te habría mandado para allá. Te llamaré mañana.

Colgó y marcó el número de móvil que Wells le había dado. Respondió al segundo tono pero no era Wells. Me parece que me he equivocado, dijo Moss.

No te has equivocado. Tienes que venir a verme.

¿Quién es?

Ya sabes quién soy.

Moss se apoyó en el mostrador, la frente sobre el puño cerrado.

¿Dónde está Wells?

Ya no puede ayudarte. ¿Qué clase de trato hiciste con él?

Yo no hice ninguna clase de trato.

Claro que sí. ¿Cuánto iba a darte él?

No sé de qué me habla.

Dónde está el dinero.

Qué le ha hecho a Wells.

Tuvimos una pequeña discusión. No tienes que preocuparte por Wells. Él ya no cuenta en esto. Lo que tienes que hacer es hablar conmigo.

No tengo por qué hacerlo.

Me parece que sí. ¿Sabes adónde voy?

¿Qué me importa adónde vaya?

¿Sabes adónde voy?

Moss no respondió.

¿Estás ahí?

Estoy.

Sé dónde estás.

¿Ah, sí? ¿Dónde?

Estás en el hospital de Piedras Negras. Pero no es ahí adonde voy a ir. ¿Sabes adónde voy a ir?

Sí. Sé adónde va a ir.

Tú puedes cambiar todo esto.

¿Por qué tengo que creerle?

Creíste a Wells.

Yo no le creí.

Le has llamado.

Sí. Y qué.

Dime qué quieres que haga.

Moss cambió el peso de pierna. Sudor en su frente. No respondió.

Di algo. Sigo a la espera.

Yo podría estar esperándole cuando llegue allí, ¿sabe?, dijo Moss. Fletar un avión. ¿Ha pensado en eso?

Eso estaría bien. Pero no lo harás.

¿Cómo sabe que no?

No me lo habrías dicho. En fin, tengo que irme.

Usted sabe que no estarán allí.

Me da igual dónde estén.

Entonces, ¿para qué va?

Ya sabes cómo acabará todo esto, ¿verdad?

No. ¿Y usted?

Yo sí. Y creo que tú también. Solo que todavía no lo has aceptado. Te diré lo que voy a hacer. Tú me traes el dinero y yo la dejaré ir. De lo contrario ella será la responsable. Igual que tú. No sé si eso te importa. Pero no conseguirás un trato mejor. No te diré que puedes salvarte porque no es así.

Voy a llevarle algo, en efecto, dijo Moss. He decidido incluirlo en un proyecto especial. No va a tener que buscarme.

Me alegro de oírlo. Empezabas a decepcionarme.

No le decepcionaré.

Bien.

Por Dios que no tiene que preocuparse de sentirse decepcionado.

Partió antes del amanecer vestido con la bata de muselina del hospital y el abrigo encima. El faldón del abrigo estaba tieso de sangre. No tenía zapatos. En el bolsillo interior del abrigo llevaba los billetes que se había guardado, rígidos y manchados de sangre.

Se quedó en la calle mirando hacia el semáforo. No tenía ni idea de dónde estaba. El cemento frío bajo sus pies. Avanzó hasta la esquina. Pasaron varios coches. Caminó hasta el semáforo de la siguiente esquina y se detuvo y se inclinó apoyando una mano en el edificio. En el bolsillo tenía dos tabletas blancas que se había reservado y se tomó una tragándola en seco. Creyó que iba a vomitar. Se quedó de pie largo rato. Había allí un alféizar en el que se habría sentado pero tenía unos barrotes puntiagudos de hierro para ahuyentar a los holgazanes. Pasó un taxi y Moss levantó la mano pero el coche pasó de largo. Tendría que salir a la calle y eso fue lo que hizo al cabo de un rato. Llevaba allí tambaleándose unos minutos cuando pasó otro taxi y levantó la mano y el taxi se arrimó al bordillo.

El hombre le miró detenidamente. Moss se inclinó hacia la ventanilla. ¿Puede llevarme al otro lado del puente?, dijo.

Al otro lado.

Sí. Al otro lado.

Tiene dineros.

Sí. Tengo dineros.

El taxista parecía recelar. Veinte dólares, dijo.

De acuerdo.

Al llegar a la verja el guardia se inclinó y le vio allí sentado en la penumbra del asiento de atrás. ¿En qué país ha nacido?, dijo.

En Estados Unidos.

¿Qué trae?

Nada de nada.

El guardia le miró. ¿Le importa salir del coche?, dijo.

Moss presionó el tirador de la puerta y se apoyó en el asiento delantero para salir del taxi. Se quedó de pie.

¿Qué le ha pasado a sus zapatos?

No lo sé.

No lleva ropa encima, ¿eh?

Sí llevo ropa encima.

El segundo guardia hacía pasar a los coches. Hizo señas al taxista. ¿Quiere llevar el taxi a ese segundo espacio de allá?

El taxista puso el coche en marcha.

¿Le importa apartarse del vehículo?

Moss se apartó. El taxi se movió hacia la zona de aparcamiento y el taxista apagó el motor. Moss miró al guardia. El guardia parecía estar esperando a que dijera algo pero él no lo hizo.

Lo llevaron adentro y le hicieron sentarse en una silla metálica en la pequeña oficina pintada de blanco. Entró otro hombre y se apoyó en un escritorio metálico. Le miró de arriba abajo.

¿Cuántas copas ha bebido?

No he bebido ninguna copa.

¿Qué le ha pasado?

¿A qué se refiere?

Qué le ha pasado a su ropa.

No lo sé.

¿Lleva documentación?

No.

Nada.

No.

El hombre se echó hacia atrás y cruzó los brazos sobre el pecho. Dijo: ¿Quién cree usted que pasa por esta verja hacia Estados Unidos de América?

No sé. Ciudadanos estadounidenses.

Ciertos ciudadanos estadounidenses. ¿Y quién diría que decide si pasan o no?

Supongo que usted.

Correcto. ¿Y cómo lo decido?

No lo sé.

Hago preguntas. Si recibo respuestas sensatas entonces les dejo pasar a Estados Unidos. Si no recibo respuestas sensatas no. ¿Hay algo de lo que he dicho que usted no entienda?

No, señor.

Entonces tal vez quiera que empecemos de nuevo.

De acuerdo.

Queremos que nos explique mejor qué hace aquí sin ropa.

Llevo un abrigo encima.

¿Me está enmendando la plana?

No, señor.

Más le vale. ¿Pertenece a las fuerzas armadas?

No, señor. Soy veterano.

De qué cuerpo.

Del Ejército de Tierra.

¿Estuvo en Vietnam?

Sí, señor. Dos períodos de servicio.

Qué unidad.

El Doce de Infantería.

En qué fechas estuvo allí de servicio.

Del siete de agosto de mil novecientos sesenta y seis al dos de septiembre del sesenta y ocho.

El hombre le observó durante un rato, Moss le miró y apartó la vista. Miró hacia la puerta, el zaguán desierto. Embutido en su abrigo y encorvado hacia delante con los codos sobre las rodillas.

¿Se encuentra bien?

Sí, señor. Me encuentro bien. Tengo mujer y ella vendrá a buscarme si me dejan pasar.

¿Lleva algo de dinero? ¿Tiene monedas para llamar por teléfono?

Sí, señor.

Oyó un raspar de pezuñas sobre el embaldosado. Un guardia estaba allí de pie sujetando por la correa a un pastor alemán. El hombre hizo un gesto con el mentón hacia el guardia. Que alguien ayude a este hombre. Tiene que entrar en la ciudad. ¿Se ha marchado el taxi?

Sí, señor. Estaba limpio.

Ya lo sé. Busca a alguien que le ayude.

Miró a Moss. ¿De dónde es?

Soy de San Saba, Texas.

¿Su esposa sabe dónde está?

Sí, señor. He hablado con ella hace un rato.

¿Tuvieron una pelea?

¿Tuvieron, quiénes?

Usted y su mujer.

Pues en cierto modo sí. Sí, señor.

Tiene usted que decirle que lo siente.

¿Perdón?

Que tiene que decirle que lo siente.

Sí, señor. Lo haré.

Aunque crea que la culpa era de ella.

Sí, señor.

Váyase. Largo de aquí.

Sí, señor.

A veces tienes un pequeño problema y no lo arreglas y de repente deja de ser un problema pequeño. ¿Entiende lo que le digo?

Sí, señor. Entiendo.

Váyase.

Sí, señor.

Era casi de día y el taxi se había marchado hacía rato. Echó a andar calle arriba. La herida rezumaba un suero sanguinolento que le corría por el interior de la pierna. La gente apenas le hacía caso. Torció por Adams Street y se detuvo frente a una tienda de ropa y miró por el escaparate. Había luz en la parte de atrás. Llamó a la puerta, esperó, llamó otra vez. Finalmente un hombre menudo con camisa blanca y corbata negra abrió la puerta y se asomó para mirarle. Ya sé que no han abierto, dijo Moss, pero es que necesito ropa urgentemente. El hombre asintió y abrió la puerta del todo. Pase, dijo.

Caminaron uno junto al otro por el pasillo hasta la sección de botas. Tony Lama, Justin, Nocona. Había allí unas sillas bajas y Moss se sentó y agarró con las manos los brazos de la silla. Necesito botas y algo de ropa, dijo. Tengo problemas de salud y prefiero no andar mucho si no es necesario.

El hombre asintió. Sí, señor, dijo. Claro.

¿Tienen botas Larry Mahan?

No. No, señor.

No importa. Necesito unos tejanos Wrangler talla treinta y dos por treinta y cuatro de largo. Una camisa de talla grande. Calcetines. Y enséñeme unas botas Nocona del cuarenta y tres. Y necesito un cinturón.

Sí, señor. ¿Querría mirar también sombreros?

Moss echó un vistazo a la tienda. Creo que un sombrero me vendría bien. ¿Tiene alguno de ranchero de esos con el ala estrecha? La talla pequeña.

Sí, señor. Tenemos uno de castor 3X de Resistol y otro un poco mejor de Stetson. Fieltro 5X, si no me equivoco.

Probaré el Stetson. Ese de color gris claro.

De acuerdo. ¿Calcetines blancos le parece bien?

Solo los uso blancos.

¿Ropa interior?

Calzoncillos tipo slip. De talla mediana.

Sí, señor. Póngase cómodo. ¿Se encuentra bien?

Me encuentro bien.

El hombre asintió con la cabeza y se alejó.

¿Puedo hacerle una pregunta?, dijo Moss.

Sí, señor.

¿Le viene mucha gente por aquí sin ropa?

No, señor. No muy a menudo.

Cogió la pila de ropa nueva y fue al probador y se quitó el abrigo y lo colgó del gancho de detrás de la puerta. En la tripa hundida y amarillenta tenía una costra de sangre pálida. Presionó los bordes del esparadrapo pero ya no pegaba. Se sentó con cuidado en el banco de madera y se puso los calcetines y abrió el paquete de calzoncillos y los sacó y se los pasó por los pies y rodilla arriba y se levantó y los subió con cuidado por encima del vendaje. Se sentó de nuevo y desprendió la camisa del cartón y de sus innumerables alfileres.

Cuando salió del probador llevaba el abrigo colgado del brazo. Se paseó por el crujiente pasillo de madera. El empleado se quedó mirando las botas. El lagarto tarda más en agrietarse, dijo.

Sí. Pero da más calor en verano. Estas me parecen bien. Vamos a probar ese sombrero. No me había emperejilado así desde que salí del ejército.

El sheriff tomó un sorbo de café y volvió a dejar la taza en el mismo círculo sobre la superficie de cristal del escritorio de donde la había levantado. Piensan cerrar el hotel, dijo.

Bell asintió. No me sorprende.

Todos se van. Ese pobre hombre no había hecho más que dos turnos. La culpa es mía. No se me ocurrió que ese hijo de puta volvería. Ni siquiera se me pasó por la cabeza.

No hacía falta que se marchara.

Lo mismo he pensado yo.

La razón de que nadie sepa qué cara tiene es que ninguno ha vivido lo suficiente para decirlo.

Este tipo es un maldito lunático homicida, Ed Tom.

Sí. Aunque yo no creo que esté loco.

Entonces ¿qué nombre le pondrías?

No lo sé. ¿Cuándo piensan cerrar el hotel?

De hecho es como si ya lo estuviera.

¿Tienes llave?

Sí. Tengo llave. Es la escena de un crimen.

Podríamos ir a echar otro vistazo.

De acuerdo. Vamos.

Lo primero que vieron fue el transpondedor sobre un alféizar en el pasillo. Bell cogió el aparato y lo examinó, mirando el dial y los botones.

Esto no será una maldita bomba, ¿verdad, sheriff?

No.

Menos mal.

Es un aparato de seguimiento.

Entonces lo que fuera que buscaban ya lo encontraron.

Probablemente. ¿Desde cuándo crees tú que estaba ahí encima?

No lo sé. Pero creo que puedo adivinar qué es lo que buscaban.

Quizá, dijo Bell. En este asunto hay algo que no acaba de encajar del todo.

No se supone que haya de encajar.

Tenemos a un ex coronel del ejército con media cabeza reventada al que tuviste que identificar por las huellas dactilares. De los dedos que le quedan. Ejército regular. Catorce años de servicio. Ni un solo papel encima.

Le robaron.

Sí.

¿Qué sabes de esto que no me estés contando, sheriff?

Conoces los mismos hechos que yo.

No estoy hablando de hechos. ¿Crees que todo esto se ha movido hacia el sur?

Bell meneó la cabeza. No lo sé.

¿Tienes alguna pista?

En realidad no. Un par de chicos de mi condado que podrían estar implicados y sería mejor que no.

Que podrían estar implicados.

Sí.

¿Algún familiar?

No. Solo gente de mi condado. A los que se supone que estoy buscando.

Bell entregó el transpondedor al sheriff.

¿Qué quieres que haga con esto?

Es propiedad del condado de Maverick. Una prueba de un crimen.

El sheriff meneó la cabeza. Droga, dijo.

Droga.

Venden esa porquería a los colegiales.

Peor aún.

¿Y eso?

Los colegiales la compran.

7

Tampoco voy a hablar de la guerra. Se supone que fui un héroe de guerra y perdí un pelotón entero. Me condecoraron por eso. Ellos murieron y a mí me dieron una medalla. No quiero ni saber lo que pensáis de eso. No hay día en que no me acuerde. Algunos chicos sé que volvieron y pudieron ir a estudiar a Austin gracias a la GI Bill, tenían cosas muy duras que decir sobre su propia gente. Algunos. Los llamaban patanes y rústicos, cosas así. No les gustaba su política. Dos generaciones en este país es mucho tiempo. Estamos hablando de los primeros pobladores. Yo solía decirles que el que te maten a la mujer y los hijos y que les corten la cabellera y los destripen como a pescados suele tener como consecuencia que algunas personas se vuelvan irritables, pero ellos no parecían saber de qué les hablaba. Creo que los años sesenta en este país hicieron reaccionar a algunos de ellos. Espero que así fuera. Hace tiempo leí en un periódico de aquí que unos maestros encontraron de casualidad una encuesta que enviaron en los años treinta a varias escuelas del país. Incluía un cuestionario sobre cuáles eran los problemas de la enseñanza en las escuelas. Y encontraron unos formularios que habían enviado desde varios puntos del país respondiendo a estas preguntas. Y los mayores problemas mencionados eran cosas como hablar en clase y correr por los pasillos. Mascar chicle. Copiar los deberes. Cosas por el estilo. Cogieron uno de los impresos que estaba en blanco, hicieron fotocopias y los volvieron a enviar a las mismas escuelas. Cuarenta años después. Y he aquí las respuestas. Violación, incendio premeditado, asesinato. Drogas. Suicidio. Me puse a pensar en eso. Porque la mayoría de las veces cuando digo que el mundo se está yendo al infierno la gente simplemente sonríe y me dice que me estoy haciendo viejo. Que ese es uno de los síntomas. Pero lo que yo creo es que cualquiera que no vea la diferencia entre violar y asesinar gente y mascar chicle tiene un problema mucho mayor que el que tengo yo. Y cuarenta años tampoco es tanto. Tal vez los próximos cuarenta sacarán a la luz algún problema más. Si no es demasiado tarde.

Hace un par de años Loretta y yo fuimos a una conferencia en Corpus Christi y a mí me tocó sentarme al lado de una mujer, era la esposa de no sé quién. Y no paró de hablar, que si la derecha esto que si la derecha lo otro. No estoy seguro ni de lo que quería decir con eso. La gente que yo conozco es básicamente gente corriente. Gente vulgar, si queréis. Así se lo dije a la mujer y ella me miró con cara rara. Pensó que estaba diciendo algo malo de ellos, pero por supuesto donde yo vivo decir gente corriente es un cumplido. Y ella venga a hablar. Al final me dijo, dijo: No me gusta adónde va este país. Yo quiero que mi nieta pueda abortar. Y yo le dije, mire, señora, no creo que a usted le preocupe en realidad adónde va este país. Tal como yo lo veo no me cabe ninguna duda de que su nieta podrá abortar. Es más, creo que además de abortar también podrá hacer que le practiquen a usted la eutanasia. Lo cual puso fin a la conversación.

Chigurh subió cojeando los diecisiete tramos de escalera en el frescor del hueco de hormigón y cuando llegó a la puerta de acero del rellano desencajó el cilindro de la cerradura con el perno de la pistola de aire comprimido y abrió la puerta y accedió al pasillo y luego cerró la puerta. Se quedó de espaldas a ella sujetando la escopeta con ambas manos, a la escucha. Su respiración no más agitada que si se hubiera levantado de una silla. Dio unos pasos y recogió del suelo el cilindro aplastado y se lo metió en el bolsillo y continuó hasta el ascensor y se quedó escuchando otra vez. Se quitó las botas y las dejó junto a la puerta del ascensor y fue pasillo abajo en calcetines, andando despacio, cargando el peso en la pierna buena.

La puerta de doble hoja de la oficina estaba abierta hacia el pasillo. Se detuvo. Pensó que el hombre quizá no podía ver su propia sombra en la pared del pasillo, difusa pero presente. Le pareció un extraño descuido aunque sabía que el temor a un enemigo a menudo nos vuelve ciegos a otros peligros, como por ejemplo la silueta que uno mismo proyecta en el mundo. Se bajó la correa del hombro y dejó el depósito de aire en el suelo. Estudió la postura de la sombra enmarcada por la luz de la ventana de cristal ahumado que el hombre tenía detrás. Desplazó ligeramente el elevador de la escopeta con el canto de la mano para comprobar que había cartucho en la recámara y quitó el seguro.

El hombre sostenía una pistola pequeña a la altura del cinturón. Chigurh entró en el umbral y le disparó a la garganta con una ráfaga de perdigones del número diez. El tamaño que usan los coleccionistas para cobrar especímenes de ave. El hombre cayó hacia atrás sobre la butaca giratoria volcándola y aterrizó en el suelo y se quedó allí retorciéndose y gorgoteando. Chigurh recogió de la moqueta el cartucho humeante y se lo metió en el bolsillo y entró a la habitación con el humo pálido saliendo todavía del bote que el cañón recortado llevaba en su extremo. Pasó detrás del escritorio y se lo quedó mirando. El hombre yacía de espaldas y tenía una mano en la garganta pero la sangre manaba a chorro de entre sus dedos y corría hacia la alfombra. Su cara estaba llena de pequeños agujeros pero su ojo derecho parecía intacto y el hombre miró a Chigurh e intentó articular palabras entre el borboteo. Chigurh hincó una rodilla y se apoyó en la escopeta y le miró. ¿Qué?, dijo. ¿Qué tratas de decirme?

El hombre movió la cabeza. La sangre gorgoteó en su cuello.

¿Puedes oírme?, dijo Chigurh.

No respondió.

Soy el hombre a quien Carson Wells tenía que matar. ¿Es eso lo que querías saber?

Le observó. Llevaba puesto un chándal azul de nailon y unos zapatos de piel blancos. La sangre estaba formando un charco alrededor de su cabeza y tiritaba como si tuviera frío.

El motivo de que haya utilizado perdigones es que no quería romper el cristal. El que tenías detrás. No quería que cayeran cristales a la calle, por la gente. Indicó con la cabeza la ventana donde la silueta del tronco del hombre había quedado perfilada por las cacarañas grises que el plomo había dejado en la luna. Miró al hombre. Su mano había aflojado la presión sobre la garganta. No sangraba tanto. Miró la pistola que yacía en el suelo. Se levantó y puso de nuevo el seguro a la escopeta y pasó por encima del hombre para acercarse a la ventana e inspeccionó los pequeños hoyos que había hecho el plomo. Cuando volvió a mirar al hombre ya estaba muerto. Cruzó la habitación y se quedó en el umbral escuchando. Salió al pasillo y fue a recoger el depósito y la pistola de aire y cogió sus botas y se calzó y tiró de ellas hacia arriba. Luego recorrió el pasillo y salió por la puerta metálica y bajó los escalones de hormigón hasta el garaje donde había dejado su vehículo.

Cuando llegaron a la estación de autobuses el día empezaba a despuntar, frío y gris, y lloviznaba. Ella se inclinó sobre el respaldo del asiento delantero y pagó al taxista y le dio dos dólares de propina. Él se apeó y fue a abrir el maletero y sacó las bolsas y las dejó bajo los soportales y llevó el andador hasta el lado de la madre y abrió la puerta. La madre se volvió y empezó a salir con esfuerzo a la lluvia.

Espera un momento, mamá. Tengo que ir a un sitio.

Ya sabía yo que iba a pasar esto, dijo la madre. Lo dije hace tres años.

No han pasado tres años.

Con estas mismas palabras.

No te muevas de aquí.

Lloviendo, dijo la madre. Alzó los ojos y miró al taxista. Estoy enferma de cáncer, dijo. Y fíjese. No tengo ni un techo que me cobije.

No, señora.

Nos vamos a El Paso, Texas. ¿Sabe a cuántas personas conozco en El Paso, Texas?

No, señora.

Hizo una pausa con el brazo sobre la puerta del taxi y levantó la mano y formó un cero con el pulgar y el índice. Tantas como estas, dijo.

Sí, señora.

Se instalaron en la cafetería con sus bolsas y paquetes y contemplaron la lluvia y los autobuses con el motor al ralentí. El día que clareaba gris. Miró a su madre. ¿Quieres más café?

La anciana no respondió.

No piensas hablar.

No sé de qué quieres que hable.

Pues yo tampoco lo sé.

Lo que hayáis hecho, hecho está. No sé por qué demonios tengo yo que huir de la justicia.

No estamos huyendo de la justicia, mamá.

Pero no puedes llamar pidiendo ayuda, ¿verdad?

¿Llamar a quién?

A la policía.

No.

Es lo que yo pensaba.

La mujer se ajustó los dientes con el pulgar y miró por la ventana. Al cabo de un rato llegó el autobús. El conductor metió el andador en el compartimiento del equipaje y la ayudaron a subir y la instalaron en el primer asiento. Tengo cáncer, le dijo al hombre.

Carla Jean metió las bolsas en el arcón superior y se sentó. La mujer no se dignó mirarla. Hace tres años, dijo. No hacía falta soñarlo. Ni tener una revelación o algo así. No me cuelgo ninguna medalla. Cualquiera hubiera podido decirte lo mismo.

Pero yo no pregunté nada.

La anciana meneó la cabeza. Mirando al exterior por la ventana y hacia la mesa que acababan de dejar. Yo no me cuelgo ninguna medalla, dijo. Sería la última cosa que se me ocurriría hacer.

Chigurh aparcó al otro lado de la calle y paró el motor. Apagó las luces y se quedó observando la casa a oscuras. Las cifras verdes de la radio marcaban 1:17. Se quedó allí sentado hasta 1:22 y luego sacó la linterna de la guantera y se apeó y cerró la puerta de la camioneta y cruzó la calle.

Abrió la puerta mosquitera y desencajó el cilindro y entró y cerró la puerta y se quedó escuchando. Llegaba luz de la cocina y caminó por el pasillo con la linterna en una mano y la escopeta en la otra. Cuando llegó al umbral se detuvo y escuchó otra vez. La luz procedía de una bombilla desnuda en el porche de atrás. Entró en la cocina.

En el centro de la habitación una mesa de formica y cromados con una caja de cereales encima. La sombra de la ventana de la cocina en el suelo de linóleo. Caminó hasta la nevera y la abrió y miró dentro. Descansó la escopeta en el pliegue de su brazo y sacó una lata de naranjada y la abrió con el dedo índice y bebió de pie, atento a cualquier cosa que pudiera seguir al clic metálico de la lata. Dejó la lata medio vacía en la encimera y cerró la puerta del frigorífico y atravesó el comedor hasta la sala de estar y se sentó en una poltrona que había en el rincón y miró hacia la calle.

Al rato se levantó y cruzó la sala y subió al piso de arriba. Se quedó escuchando al final de la escalera. Cuando entró en el cuarto de la vieja percibió el mohoso olor dulzón de la enfermedad y por un momento pensó que podía estar incluso tendida en la cama. Encendió la linterna y fue al cuarto de baño. Se detuvo a leer las etiquetas de los frascos de medicamentos en el tocador. Miró hacia la calle desde la ventana, la empañada luz invernal del alumbrado. Las dos de la mañana. Seco. Frío. Silencioso. Salió al pasillo y fue a la habitación pequeña de la parte de atrás.

Vació los cajones de la cómoda encima de la cama y se sentó a examinar sus cosas, deteniéndose de vez en cuando para estudiar algo en concreto a la luz azulada de la lámpara del patio. Un cepillo de plástico. Una pulsera barata de feria. Sopesando estas cosas en la mano como un médium que pudiera adivinar mediante ellas algún hecho corcerniente a su propietaria. Se quedó sentado hojeando un álbum de fotos. Amistades del colegio. Familia. Un perro. Una casa que no era esta. Un hombre que tal vez fuera su padre. Se guardó dos fotos en el bolsillo de la camisa.

Había un ventilador en el techo. Se levantó y tiró de la cadena y se tumbó en la cama con la escopeta al lado mirando cómo las aspas de madera giraban lentamente a la luz que entraba por la ventana. Al cabo de un rato se levantó y agarró la silla de la mesa del rincón y la inclinó y encajó el respaldo bajo el tirador de la puerta. Luego se sentó en la cama y se quitó las botas y se estiró y se puso a dormir.

Por la mañana recorrió de nuevo la casa arriba y abajo y después volvió al cuarto de baño al final del pasillo para ducharse. Dejó la cortina apartada, el agua salpicando el suelo. La puerta del pasillo abierta y la escopeta encima del tocador a un palmo de distancia.

Se secó el vendaje de la pierna con un secador de pelo y se afeitó y se vistió y bajó a la cocina y comió un bol de cereales con leche, caminando por la casa mientras comía. En la sala de estar se detuvo y vio la correspondencia que había en el suelo bajo la rendija de latón de la puerta principal. Se quedó allí de pie masticando despacio. Luego dejó el bol y la cuchara sobre la mesita baja y cruzó la sala y se inclinó para recoger las cartas y las estuvo mirando. Se sentó en una silla junto a la puerta y abrió la factura del teléfono y ahuecó el sobre y sopló dentro.

Miró la lista de llamadas. Hacia la mitad el número de la oficina del sheriff del condado de Terrell. Dobló el papel y lo volvió a meter en el sobre y se guardó el sobre en el bolsillo de la camisa. Luego volvió a ojear el resto de la correspondencia. Se levantó y fue a la cocina y cogió la escopeta de la mesa y volvió y se quedó de pie donde había estado antes. Se acercó a un escritorio de caoba barata y abrió el cajón superior. El cajón estaba repleto de cartas. Dejó la escopeta y se sentó en la silla y sacó la correspondencia y la apiló sobre la mesa y empezó a examinarla.

Moss pasó el día en un motel barato a las afueras de la ciudad durmiendo desnudo en la cama con la ropa nueva metida en el armario en perchas metálicas. Cuando despertó las sombras eran alargadas en el patio del motel y se incorporó con esfuerzo y se sentó en el borde de la cama. En las sábanas una mancha pálida de sangre del tamaño de una mano. Había una bolsa de papel sobre la mesilla de noche que contenía cosas que había comprado en una droguería de la ciudad y cogió la bolsa y fue cojeando hasta el cuarto de baño. Se duchó y se afeitó y se cepilló los dientes por primera vez en cinco días y luego se sentó en el borde de la bañera y aplicó gasas nuevas a sus heridas. Luego se vistió y llamó a un taxi.

Estaba delante de la oficina del motel cuando el taxi llegó. Subió al asiento de atrás, recobró el aliento y luego cerró la puerta. Estudió la cara del taxista por el retrovisor interior. ¿Quiere ganarse un dinero?, dijo.

Sí. Quiero ganarme un dinero.

Moss sacó cinco billetes de cien y los rompió por la mitad y le pasó una de las mitades al taxista sobre el respaldo del asiento. El hombre contó los billetes rotos y se los guardó en el bolsillo de la camisa y miró a Moss por el retrovisor y aguardó.

¿Cómo se llama?

Paul, dijo el taxista.

Me gusta su actitud, Paul. No le meteré en ningún lío. Solo quiero que no me deje tirado en algún sitio donde no me gustaría estar.

De acuerdo.

¿Tiene linterna?

Sí. Tengo linterna.

Déjemela.

El taxista le pasó la linterna.

Perfecto, dijo Moss.

Adónde vamos.

Siga la calle del río.

No voy a recoger a nadie.

No vamos a recoger a nadie.

El taxista le miró por el retrovisor. Nada de *drogas*, dijo.

Nada de *drogas*.

El taxista esperó.

Voy a recoger un maletín. Es mío. Puede mirar lo que hay dentro si quiere. Nada ilegal.

Puedo mirar.

Sí puede.

Espero que no me haga una jugarreta.

Tranquilo.

Me gusta el dinero pero me gusta aún más no estar en la cárcel.

En eso coincidimos, dijo Moss.

Recorrieron la calle despacio en dirección al río. Moss se inclinó sobre el asiento delantero. Quiero que aparque debajo del puente, dijo.

Está bien.

Voy a desenroscar la bombilla de la luz cenital.

Esta calle la vigilan las veinticuatro horas, dijo el hombre.

Ya lo sé.

El taxista se desvió y apagó el motor y las luces y miró a Moss por el retrovisor. Moss desenroscó la bombilla y se la pasó al taxista y abrió la puerta. No creo que tarde más que unos minutos, dijo.

Las cañas estaban polvorientas, los tallos muy juntos unos de otros. Avanzó con cuidado, la linterna a la altura de las rodillas con la mano cubriendo parcialmente la lente.

El maletín descansaba de pie en el matorral como si alguien lo hubiera dejado simplemente allí. Moss apagó la linterna y cogió el maletín y regresó en la oscuridad, orientándose por el puente que pasaba sobre su cabeza. Cuando llegó al taxi abrió la puerta y dejó el maletín en el asiento y montó con precaución y cerró la puerta. Le pasó la linterna al taxista y se retrepó en el asiento. Vamos, dijo.

Qué hay ahí dentro, dijo el taxista.

Dinero.

¿Dinero?

Dinero.

El taxista puso el motor en marcha y arrancó.

Encienda las luces, dijo Moss.

El hombre las encendió.

¿Cuánto dinero?

Mucho dinero. ¿Qué me cobrará por llevarme a San Antonio?

El taxista se lo pensó. Quiere decir además de los quinientos.

Sí.

Qué le parece mil en total.

Todo incluido.

Sí.

Hecho.

El taxista asintió con la cabeza. Y qué hay de la otra mitad de los quinientos pavos que me ha dado.

Moss se sacó los billetes del bolsillo y se los pasó.

¿Y si nos para la Migra?

No nos pararán, dijo Moss.

¿Cómo lo sabe?

Todavía me queda mucha mierda que solucionar en el camino. La cosa no termina aquí.

Espero que tenga razón.

Confíe en mí, dijo Moss.

Odio oír esas palabras, dijo el taxista. Siempre me ha pasado.

¿Las ha dicho alguna vez?

Sí, las he dicho. Por eso sé lo que valen.

Pasó la noche en un Rodeway Inn en la carretera 90 al oeste de la ciudad y por la mañana bajó y compró un periódico y volvió a subir trabajosamente a su habitación. No podía comprar un arma en una tienda porque no tenía documentación pero podía comprar una a través del periódico y eso hizo. Una Tec-9 con dos cargadores extra y una caja y media de cartuchos. El hombre le entregó el arma en mano y Moss pagó en efectivo. Examinó el arma. Tenía un acabado parkerizado de color verdoso. Semiautomática. ¿Cuándo fue la última vez que la disparó?

No la he disparado nunca.

¿Está seguro de que dispara?

¿Por qué no iba a disparar?

No lo sé.

Pues estamos igual.

Cuando el hombre se fue Moss salió al prado que había detrás del motel con una de las almohadas de la habitación bajo el brazo y envolvió la boca de fuego con la almohada e hizo tres disparos y se quedó allí de pie a la fría luz del sol viendo cómo las plumas se alejaban flotando sobre el chaparral gris, pensando en su vida, en lo pasado y en lo que estaba por venir. Luego dio media vuelta y regresó lentamente al motel dejando la almohada quemada en el suelo.

Descansó en el vestíbulo y subió a la habitación. Se dio un baño y miró en el espejo el agujero de salida en la parte baja de la espalda. Tenía un feo aspecto. Había drenajes en ambos orificios que intentó extraer sin éxito. Se aflojó el emplasto del brazo y examinó el profundo surco que la bala había abierto allí y luego volvió a vendar la herida. Se vistió y se guardó algunos billetes más en el bolsillo trasero de sus tejanos y metió la pistola y los cargadores entre el dinero del maletín y lo cerró y llamó a un taxi y salió con el maletín y bajó la escalera.

En North Broadway compró una pickup Ford de 1978 con tracción a las cuatro ruedas y un motor 460 y pagó en metálico e hizo que le autenticaran la cédula de propiedad en la oficina y guardó el documento en la guantera y partió. Condujo de vuelta al motel y canceló su habitación y se puso en marcha con la Tec-9 debajo del asiento y el maletín y la bolsa con la ropa en el suelo del asiento del acompañante.

En la vía de acceso a la altura de Boerne una chica hacía autostop y Moss se arrimó al arcén y tocó el claxon y la observó por el espejo retrovisor. Corriendo, la mochila azul de nailon colgada al hombro. Montó en la camioneta y le miró. Quince, dieciséis años. Pelirroja. ¿Hasta dónde vas?, dijo ella.

¿Sabes conducir?

Sí. Sé conducir. No es cambio de palanca, ¿verdad?

No. Baja y da la vuelta.

La chica dejó la mochila en el asiento y se apeó de la camioneta y cruzó por delante. Moss tiró la mochila al suelo y se cambió de asiento y la chica subió y arrancó y se incorporaron a la autopista.

¿Cuántos años tienes?

Dieciocho.

Y una mierda. ¿Qué estás haciendo aquí? ¿No sabes que es peligroso hacer autostop?

Sí, lo sé.

Moss se quitó el sombrero y lo dejó a un lado en el asiento y se retrepó y cerró los ojos. No pases del límite de velocidad, dijo. Si nos para la poli por tu culpa te aseguro que estaremos de mierda hasta el cuello tanto tú como yo.

Está bien.

Va en serio. Pasa del límite y te echo a patadas de la camioneta.

Está bien.

Intentó dormir pero no pudo. Le dolía mucho. Al cabo de un rato se incorporó y cogió el sombrero y se lo puso y echó un vistazo al tacómetro.

¿Puedo preguntarte algo?, dijo ella.

Puedes.

¿Estás huyendo de la justicia?

Moss se acomodó en el asiento y la miró y apartó la vista. ¿Por qué lo preguntas?

Por lo que has dicho hace un rato. Lo de si nos paraba la policía.

Y si estuviera huyendo, ¿qué?

Entonces creo que me bajaría aquí mismo.

No es verdad. Solo quieres saber en qué situación te encuentras.

Ella le miró por el rabillo del ojo. Moss contempló los alrededores. Si te quedaras tres días conmigo, dijo, te enseñaría a atracar gasolineras. Está tirado.

Ella le sonrió a medias. ¿Te dedicas a eso?, dijo. ¿Atracas gasolineras?

No. No me hace falta. ¿Tienes hambre?

Estoy bien.

Cuánto hace que no comes.

No me gusta que la gente me pregunte cuánto hace que no como.

Vale. ¿Cuánto hace que no comes?

Sabía que eras un listillo desde que he subido a la camioneta.

Ya. Desvíate por la próxima salida. Debería estar a unos seis kilómetros. Y alcánzame esa metralleta que hay debajo del asiento.

Bell cruzó con la camioneta el guardaganado y se apeó y cerró la verja y volvió a montar y atravesó los pastos y aparcó junto al pozo y se acercó caminando al depósito. Metió la mano en el agua y sacó la palma llena y la dejó caer de nuevo. Se quitó el sombrero y se pasó la mano húmeda por el pelo y levantó la vista hacia el molino. Contempló la lenta elíptica oscura de las aspas girando en la hierba seca y vencida por el viento. Rumor de maderas en movimiento bajo sus pies. Luego se quedó allí pasándose el ala del sombrero lentamente entre los dedos. La postura quizá de un hombre que acaba de enterrar a alguien. No sé nada de nada, dijo.

Cuando llegó a casa ella tenía la cena a punto. Bell tiró las llaves de la camioneta al cajón de la cocina y fue a lavarse las manos en el fregadero. Su mujer puso un papel sobre la encimera y él se lo quedó mirando.

¿Ha dicho dónde estaba? El número es del oeste del estado.

Solo ha dicho que era Carla Jean y me ha dado este número.

Bell fue al aparador y llamó. La chica y su abuela estaban en un motel cerca de El Paso. Necesito que me diga una cosa, dijo ella.

Está bien.

¿Tiene usted palabra?

La tengo.

¿Para mí también?

Especialmente para usted.

La oyó respirar. Ruido de tráfico a lo lejos.

¿Sheriff?

Sí, señora.

Si le digo desde dónde llamó me da su palabra de que no le va a pasar nada malo.

Puedo darle mi palabra de que por mi parte no le va a pasar nada malo. Eso sí.

Al cabo de un rato ella dijo: De acuerdo.

El hombre sentado a la pequeña mesa de contrachapado que se desplegaba de la pared sobre su pata engoznada terminó de escribir en el bloc y se quitó los auriculares y lo dejó sobre la mesa y pasó las manos hacia atrás por sus sienes de cabello negro. Se volvió para mirar hacia la trasera del remolque donde el segundo hombre estaba espatarrado en la cama. *¿Listo?*, dijo.

El hombre se incorporó y puso los pies en el suelo. Se quedó allí sentado durante un minuto y luego se puso en pie y se acercó al otro.

¿Lo tienes?

Lo tengo.

Arrancó la hoja del bloc y se la pasó y él la leyó y se la guardó doblada en el bolsillo de la camisa. Luego estiró el brazo y abrió uno de los armaritos de la cocina y sacó una metralleta con acabado de camuflaje y dos cargadores de repuesto y abrió la puerta y bajó y la cerró tras él. Atravesó la gravilla hasta donde estaba aparcado un Plymouth Barracuda negro y abrió la puerta y arrojó el arma al asiento de atrás y se sentó al volante y cerró la puerta y encendió el motor. Dio un par de toques al acelerador y salió al asfalto y encendió las luces y puso la segunda y se alejó con el coche coleando aposentado sobre sus grandes neumáticos traseros y los neumáticos rechinando y levantando nubes de humo de caucho en su estela.

8

He perdido a muchos amigos estos últimos años. Y no todos mayores que yo. Una de las cosas que aprendes cuando te haces viejo es que no todo el mundo envejece contigo. Tratas de ayudar a las personas que pagan tu salario y naturalmente no puedes evitar pensar en el recuerdo que dejarás. En este condado no había quedado un solo homicidio por resolver en cuarenta y un años. Ahora tenemos nueve en una sola semana. ¿Quedarán resueltos? No lo sé. Cada día que pasa es un día menos. El tiempo no está de tu parte. No sé si es digno de elogio que te conozcan por adivinar las intenciones de un hatajo de camellos. Claro que a ellos no les cuesta nada adivinar nuestras intenciones. ¿Que no tienen respeto por la ley? Eso es solo una parte. Ellos ni siquiera piensan en la ley. No parece que les preocupe. Aunque hace un tiempo en San Antonio mataron a un juez federal. Supongo que ese sí les preocupaba. Súmese a esto que a lo largo de la frontera hay agentes de la ley que se hacen ricos con el narcotráfico. Una mala noticia donde las haya. Al menos para mí. Yo no creo que eso ocurriera hace apenas diez años. Un agente de la ley corrupto es una abominación. No se puede decir otra cosa. Es diez veces peor que un criminal. Y esto no se arregla. Es prácticamente la única cosa que sé con certeza. Esto no se arregla. ¿Y cómo?

Esto os parecerá de ignorantes pero para mí lo peor de todo es saber que el único motivo de que aún esté con vida es probablemente que ellos no me tienen ningún respeto. Y eso duele mucho. Mucho. La cosa ha ido más allá de lo que nadie hubiera podido pensar unos años atrás. No hace mucho encontraron un DC-4 en el condado de Presidio. En medio del desierto. Habían llegado una noche y habían improvisado una especie de pista de aterrizaje poniendo hileras de barriles de alquitrán a modo de luces pero no había modo de hacer despegar de allí aquel aparato. Dejaron solo las puras paredes. Solo quedaba el asiento del piloto. Se podía oler la marihuana, no hacía falta perro. Pues bien, el sheriff de allí –no voy a dar su nombre– quería tenderles una emboscada y atraparlos cuando volvieran a por el avión y al final alguien le dijo que no iban a volver. Que nunca habían tenido intención de hacerlo. Cuando el hombre comprendió por fin lo que le estaban diciendo se quedó muy callado y luego dio media vuelta y subió a su coche y se marchó.

Cuando había las guerras entre narcos allá en la frontera no podías comprar un tarro de vidrio de cuarto de litro en ninguna parte. Para meter conservas y esas cosas. Encurtidos. No quedaba ni uno. Lo que pasaba era que estaban utilizando los tarros para meter granadas de mano dentro. Si volabas sobre una casa o una finca y lanzabas granadas estas explotaban antes de tocar tierra. De modo que lo que hacían era quitar la espoleta y meterlas en el tarro y enroscar la tapa otra vez. Y cuando tocaban el suelo el cristal se rompía y liberaba el cebo. El seguro de transporte. Llevaban cajas enteras de tarros así. Cuesta de creer que alguien pilotara una avioneta de noche con semejante cargamento, pero lo hacían.

Yo creo que si uno fuera Satanás y estuviera buscando algo que hiciera doblegar a la humanidad probablemente la respuesta sería las drogas. Quizá se le ocurrió a él. Lo comenté el otro día mientras desayunaba y me preguntaron si yo creía en Satanás. Y yo dije Hombre, es que no se trata de eso. Y dijeron Ya, pero ¿crees o no? Tuve que pensarlo. Creo que de chico sí creía. Hacia la mitad de mi vida esas creencias se habían diluido un poco. Ahora vuelvo a inclinarme del otro lado. Satanás explica muchas cosas que de lo contrario no tienen ninguna explicación. O no la tienen para mí al menos.

Moss dejó el maletín en el banco y se acomodó detrás. Levantó la carta del soporte metálico que estaba al lado de la mostaza y el ketchup. Ella se sentó enfrente de él. Moss no levantó la vista. Qué vas a tomar, dijo.

No sé. No he mirado la carta.

Él giró la carta y la deslizó delante de ella y buscó a la camarera con la mirada.

¿Tú qué?, dijo la chica.

¿Qué voy a tomar?

No. Qué eres. ¿Un personaje?

Moss la miró. Las únicas personas que sé que saben lo que es un personaje, dijo, son otros personajes.

Yo podría ser un compañero de viaje.

Compañero de viaje.

Sí.

Ahora lo eres.

Estás herido, ¿verdad?

¿Por qué lo dices?

Apenas puedes andar.

Quizá es una vieja herida de guerra.

No lo creo. ¿Qué te ha pasado?

¿Quieres decir últimamente?

Sí.

No tienes por qué saberlo.

¿Por qué no?

No quiero que te alteres por mí.

¿Qué te hace pensar que me alteraría?

A las chicas malas les gustan los chicos malos. ¿Qué vas a tomar?

No lo sé. ¿A qué te dedicas?

Hace tres semanas era un ciudadano respetuoso con la ley. Tenía un empleo de nueve a cinco. O de ocho a cuatro, da igual. Las cosas pasan porque pasan. No te preguntan primero. No te piden permiso.

Es una verdad como un templo, dijo ella.

Si sigues conmigo oirás algunas más.

¿Crees que soy mala?

Creo que te gustaría serlo.

¿Qué hay en esa cartera?

Cartas.

Qué hay.

Podría decírtelo, pero luego tendría que matarte.

Uno no va por ahí con un arma. ¿No lo sabías? Especialmente con un arma como esa.

Deja que te haga una pregunta.

Adelante.

Cuando empiezan los tiros, ¿tú prefieres ir armada o no?

No quiero verme envuelta en ningún tiroteo.

Claro que sí. Se te nota. Lo que no quieres es que te disparen. ¿Qué vas a tomar?

¿Y tú?

Hamburguesa con queso y batido de chocolate.

Llegó la camarera y pidieron. La chica eligió el sándwich caliente de carne con puré de patata y salsa. Ni siquiera me has preguntado adónde voy, dijo.

Sé adónde vas.

Entonces dilo.

De camino.

Eso no es una respuesta.

Es más que una respuesta.

Tú no lo sabes todo.

No.

¿Has matado a alguien?

Sí, dijo él. ¿Y tú?

Ella puso cara de desconcierto. Sabes que nunca he matado a nadie.

No, eso no lo sé.

Pues no.

Entonces es que no.

Y tú tampoco, ¿verdad?

¿El qué?

Lo que acabo de decir.

¿Si he matado?

Ella miró en derredor para ver si alguien estaba escuchando.

Sí, dijo.

No es fácil responder a eso.

Al cabo de un rato la camarera les llevó los platos. Moss mordió la esquina de un envase de mayonesa y derramó el contenido sobre la hamburguesa y cogió el ketchup. ¿De dónde eres?, dijo.

Ella tomó un sorbo de su té con hielo y se secó la boca con la servilleta de papel. De Port Arthur, dijo.

Él asintió. Cogió la hamburguesa con las dos manos y dio un mordisco y se retrepó masticando. No he estado nunca en Port Arthur.

Nunca te he visto por allí.

¿Cómo podrías haberme visto si nunca he estado allí?

No podría. Solo estaba diciendo que no. Era una manera de hablar.

Moss meneó la cabeza.

Comieron. Él la observó.

Deduzco que vas a California.

¿Cómo lo sabes?

Es la dirección que llevas.

Pues ahí es adonde voy.

¿Tienes dinero?

¿A ti qué te importa?

Nada. ¿Tienes?

Algo.

Moss terminó la hamburguesa y se limpió las manos en la servilleta de papel y se acabó el resto del batido. Luego metió la mano en el bolsillo y sacó el fajo de billetes de cien y los desdobló. Contó un millar y los puso sobre la formica y los deslizó hacia ella y se guardó el fajo en el bolsillo. Vámonos, dijo.

¿Para qué es eso?

Para seguir camino hacia California.

¿Qué he de hacer a cambio?

No tienes que hacer nada. Hasta un cerdo ciego encuentra una bellota de vez en cuando. Guárdate eso y vamos.

Pagaron y fueron hacia la camioneta. Antes no me estabas llamando cerda, ¿verdad?

Moss hizo caso omiso. Dame las llaves, dijo.

Ella las sacó de su bolsillo y se las dio. Pensé que habrías olvidado que las tenía yo, dijo.

No suelo olvidar.

Yo podría haberme escabullido con la excusa de ir al servicio y largarme de aquí en tu camioneta.

No, no podrías.

¿Por qué no?

Sube.

Montaron y él dejó el maletín entre los dos y se sacó la Tec-9 del cinturón y la dejó debajo del asiento.

¿Por qué no?, dijo ella.

No seas una ignorante toda tu vida. En primer lugar, yo tenía una vista perfecta de la puerta y del aparcamiento y la camioneta. En segundo lugar, aunque yo fuera tan imbécil como para sentarme de espaldas a la puerta habría llamado a un taxi y te habría perseguido y luego te habría dado una paliza y te habría dejado allí tirada.

Ella se quedó callada. Él puso la llave en el contacto y arrancó y reculó.

¿Lo habrías hecho?

¿Tú qué crees?

Cuando llegaron a Van Horn eran las siete de la tarde. Ella había dormido buena parte del trayecto, ovillada con la mochila por almohada. Moss paró en un bar de camioneros y apagó el motor y los ojos de la chica se abrieron de golpe como los de un ciervo. Se incorporó y le miró y luego miró hacia el aparcamiento. ¿Dónde estamos?, dijo.

En Van Horn. ¿Tienes hambre?

No me vendría mal un bocado.

¿Quieres pollo frito diésel?

¿Qué?

Moss señaló el rótulo.

No pienso comer cosas de esas, dijo ella.

Estuvo mucho rato en el servicio. Cuando salió quiso saber si él había pedido ya.

Sí. Te he pedido pollo de ese.

No es verdad, dijo ella.

Pidieron filetes. ¿Vives siempre así?, dijo ella.

Claro. Cuando eres un forajido de los buenos el cielo es el límite.

¿Qué es eso que te cuelga de la cadena?

¿Esto?

Sí.

Un colmillo de jabalí.

¿Por qué lo llevas?

No es mío. Solo se lo guardo a alguien.

¿Una mujer?

No, un muerto.

Llegaron los platos. Él la observó comer. ¿Sabe alguien dónde estás?, dijo.

¿Qué?

Digo que si alguien sabe dónde estás.

¿Como quién?

Como quien sea.

Tú.

Yo no sé dónde estás porque no sé quién eres.

Pues ya somos dos.

¿No sabes quién eres?

No, tonto. No sé quién eres tú.

Lo dejaremos así y así nadie sabrá nada de nosotros. ¿De acuerdo?

De acuerdo. ¿Por qué me lo has preguntado?

Moss rebañó la salsa con medio panecillo. Pensé que probablemente fuese cierto. Para ti es un lujo. Para mí es necesidad.

¿Por qué? ¿Porque alguien te persigue?

Quizá.

A mí me gusta así, dijo ella. En eso has acertado.

No cuesta mucho encontrarle el gusto, ¿verdad?

Y que lo digas, dijo ella.

Pues no es tan sencillo como parece. Ya lo verás.

¿Y eso?

Siempre hay alguien que sabe dónde estás. El dónde y el porqué. En general.

¿Estás hablando de Dios?

No. Estoy hablando de ti.

Ella siguió comiendo. Bueno, dijo. Te meterías en un lío si no supieras dónde estás.

No lo sé. ¿Tú sí?

No lo sé.

Supón que estuvieras en algún sitio que no sabes dónde está. Lo que realmente no sabrías sería dónde estaba cualquier otro sitio. O a qué distancia. No cambiaría nada respecto a donde estuvieras.

Ella lo meditó. Yo procuro no pensar en esas cosas, dijo.

Crees que cuando llegues a California podrás empezar de nuevo, como se suele decir.

Esas son mis intenciones.

Quizá se trata de eso. Hay un camino que lleva a California y otro que viene de allá pero la mejor manera sería aparecer simplemente allí.

Aparecer allí.

Sí.

¿Quieres decir sin saber cómo has llegado?

Sí. Sin saber cómo has llegado.

No sé cómo se hace eso.

Ni yo. Ahí está la gracia.

Ella comió. Miró a su alrededor. ¿Puedo tomar café?, dijo.

Puedes tomar lo que quieras. Tienes dinero.

Ella le miró. No estoy segura de qué sentido tiene eso, dijo.

El sentido de que nada tiene sentido.

No, lo que has dicho antes. Eso de saber quién eres.

Él la miró. Al cabo de un rato dijo: No se trata de saber dónde estás. Se trata de pensar que llegaste allí sin llevar nada contigo. Tus ideas sobre empezar de nuevo. O las de otro. No se empieza de nuevo. Ese es el quid. Cada paso que das es para siempre. No puedes eliminarlo. ¿Entiendes lo que te digo?

Creo que sí.

Ya sé que no pero deja que lo intente una vez más. Tú piensas que cuando te despiertas por la mañana el ayer no cuenta. Pero es todo lo que cuenta realmente. ¿Qué más hay? Tu vida se compone de los días de que está compuesta. Nada más. Pensarías que puedes huir y cambiarte de nombre y qué sé yo qué más. Empezar de cero. Y luego un día te despiertas y miras al techo y ¿sabes quién es la que está en la cama?

Ella asintió con la cabeza.

¿Entiendes lo que te estoy diciendo?

Eso lo entiendo. He pasado por ahí.

Sí. Ya lo sé.

Entonces, ¿lamentas haberte convertido en un forajido?

Lamento no haber empezado antes. ¿Estás lista?

Cuando salió de la oficina del motel le dio a ella una llave.

¿Qué es?

Tu llave.

Ella la hizo saltar en su mano y le miró. Vaya, dijo. Tú mandas.

Así es.

Te da miedo que pueda ver lo que hay en esa cartera, ¿eh?

La verdad es que no.

Arrancó la camioneta y condujo hasta el final del aparcamiento de detrás del motel.

¿Eres marica?, dijo ella.

¿Yo? Sí, mariconísimo.

No lo parece.

¿De veras? ¿Sabes mucho de maricones?

Bueno, quizá debería decir que no te comportas como tal.

¿Qué sabrás tú de eso, encanto?

No lo sé.

Dilo otra vez.

¿Qué?

Dilo otra vez: No lo sé.

No lo sé.

Estupendo. Necesitas practicarlo. Dicho por ti suena bien.

Más tarde salió y condujo hasta el Quickstop. Cuando volvió al motel se quedó observando los coches del aparcamiento. Luego bajó de la camioneta.

Fue a la habitación de la chica y llamó con los nudillos. Esperó. Llamó otra vez. Vio moverse la cortina y entonces ella abrió la puerta. Llevaba los mismos tejanos y la camiseta de antes. Aspecto de que acababa de despertarse.

Sé que no tienes edad para beber pero he pensado que quizá te apetecería una cerveza.

Sí, dijo ella. Me apetecería.

Sacó una de las botellas frías de la bolsa de papel marrón y se la dio. Toma, dijo.

Moss se disponía ya a marcharse. Ella salió y dejó que la puerta se cerrara a su espalda. A qué viene tanta prisa, dijo.

Él se detuvo en el escalón inferior.

¿Llevas otra en esa bolsa?

Sí. Dos más. Y voy a beberme las dos.

Pensaba que quizá querrías entrar y compartir una conmigo.

Moss la miró entrecerrando los ojos. ¿Te has fijado en lo que les cuesta a las mujeres aceptar un no por respuesta? Yo creo que empiezan a los tres años.

¿Y los hombres qué?

Ellos se acostumbran. Por la cuenta que les trae.

No diré una palabra. Me quedaré sentadita.

No dirás una palabra.

No.

Eso ya es una mentira.

Está bien, no diré casi nada. Me estaré muy callada.

Moss se sentó en el escalón y sacó una de las cervezas de la bolsa y quitó la chapa e inclinó la botella y bebió. Ella se sentó en el escalón inmediatamente superior e hizo lo mismo.

¿Duermes mucho?, dijo él.

Duermo cuando puedo. Sí. ¿Y tú?

Hace dos semanas que no duermo una noche entera. No recuerdo ni cómo es. Creo que me estoy volviendo estúpido de no dormir.

A mí no me pareces estúpido.

Eso está en función de tus entendederas.

¿Qué quieres decir?

Nada. Me estaba quedando contigo. Olvídalo.

No llevas droga en ese maletín, ¿verdad?

No. ¿Por qué? ¿Tú te drogas?

Fumaría un poco de hierba si tuvieras.

Pues no tengo.

No pasa nada.

Moss meneó la cabeza. Bebió.

Solo quería decir que estaría bien poder quedarse aquí fuera tomando una cerveza.

Me alegro de oír que te parezca bien.

¿Adónde te diriges? No lo has dicho.

No es fácil de decir.

Pero no vas a California, ¿verdad?

No.

Ya me lo parecía.

Voy a El Paso.

Acabas de decir que no sabías adónde ibas.

Quizá acabo de decidirlo.

No creo.

Moss no dijo nada.

Es bonito estar aquí sentados, dijo ella.

Depende de dónde estuvieras antes.

No acabas de salir de la cárcel o algo así, ¿verdad?

Acabo de escapar del corredor de la muerte. Me habían rapado la cabeza para la silla eléctrica. Se nota dónde me ha empezado a crecer.

Eres un embustero.

Pero sería gracioso si resultara que es verdad, ¿no?

Te persigue la policía.

Me persigue todo el mundo.

¿Por qué razón?

Por recoger chicas que hacían autostop y enterrarlas en el desierto.

Eso no tiene gracia.

Es verdad. No la tiene. Solo te tomaba el pelo.

Has dicho que no lo harías más.

Procuraré.

¿Alguna vez dices la verdad?

Sí. Digo la verdad.

Estás casado, ¿no?

Sí.

¿Cómo se llama tu mujer?

Carla Jean.

¿Está en El Paso?

Sí.

¿Ella sabe cómo te ganas la vida?

Sí. Lo sabe. Soy soldador.

Ella le observó. Para ver qué más decía. No dijo nada.

Tú no eres soldador, dijo ella.

¿Cómo que no?

¿Para qué esa metralleta?

Unos rufianes me siguen los pasos.

¿Qué les hiciste?

Cogí algo que les pertenece y quieren recuperarlo.

Entre eso y soldar hay mucha diferencia.

La hay, ¿verdad? Creo que no lo había pensado.

Bebió cerveza. Sujetando la botella por el cuello con el pulgar y el índice.

Y es lo que llevas en la cartera, ¿no?

Quién sabe.

¿Eres ladrón de cajas fuertes?

¿De cajas fuertes?

Sí.

¿Cómo se te ha ocurrido?

No lo sé. ¿Lo eres?

No.

Pero algo eres, digo yo.

Todo el mundo es algo.

¿Has estado en California?

Sí. He estado. Tengo un hermano que vive allí.

¿Le gusta California?

No lo sé. Allí vive.

Pero tú nunca vivirías allí, ¿verdad?

No.

¿Crees que debería ir a California?

Él la miró y apartó la vista. Estiró las piernas sobre el cemento y cruzó las botas y dirigió la mirada hacia la carretera y las luces de la carretera. Nena, dijo, ¿cómo carajo quieres que sepa si deberías ir o no?

Ya. Bueno, te agradezco que me dieras ese dinero.

De nada.

No tenías por qué hacerlo.

Pensaba que no ibas a hablar.

Está bien. Pero es mucho dinero.

No es ni la mitad de lo que crees. Y si no al tiempo.

No lo malgastaré. Necesito dinero para conseguir un sitio donde vivir.

Todo irá bien.

Eso espero.

La mejor manera de vivir en California es ser de otra parte. Probablemente lo mejor es ser marciano.

Espero que no. Porque no lo soy.

Te las apañarás.

¿Puedo preguntarte una cosa?

Puedes.

¿Cuántos años tienes?

Treinta y seis.

Eso es mucho. No sabía que eras tan mayor.

Ya. A mí también me ha sorprendido un poco.

Tengo la impresión de que debería tenerte miedo pero no lo tengo.

Sobre eso tampoco puedo darte consejos. La mayoría de la gente escapa de su propia madre para agarrar a la muerte del pescuezo. Les puede la impaciencia.

Supongo que es lo que crees que estoy haciendo yo.

No quiero ni saber lo que estás haciendo.

Me pregunto dónde estaría ahora si no te hubiera encontrado esta mañana.

No lo sé.

Siempre he tenido suerte. En cosas así. Quiero decir con la gente.

Yo no estaría tan seguro.

¿Por qué? ¿Es que vas a enterrarme en el desierto?

No. Pero la mala suerte está en todas partes. Espera un poco y verás cómo tienes tu ración.

Me parece que ya la tuve. Creo que ahora me toca un cambio. Si no me ha pasado de largo.

Ni lo sueñes.

¿Por qué lo dices?

Moss la miró. Deja que te diga una cosa, hermanita. Si algo no pareces es un saco de buena suerte con patas.

Qué desagradable eres.

No. Solo quiero que seas precavida. Cuando lleguemos a El Paso te dejaré en la estación de autobuses. Tienes dinero. No necesitas hacer autostop.

Está bien.

Está bien.

¿Habrías hecho eso que has dicho antes? ¿Si me llevaba la camioneta?

¿El qué?

Ya sabes. Lo de darme una paliza.

No.

Ya me lo parecía.

¿Quieres que compartamos la última cerveza?

Vale.

Voy a ir a buscar un vaso o algo. Enseguida vuelvo.

De acuerdo. No has cambiado de idea, ¿eh?

¿Sobre qué?

Ya sabes sobre qué.

Yo no cambio de idea. Me gusta dejar las cosas claras a la primera.

Se levantó y echó a andar por la acera. Ella se quedó junto a la puerta. Te diré una cosa que oí una vez en una película, dijo.

Él se detuvo y se volvió. ¿Qué?

Hay muchos buenos vendedores por ahí y tú aún podrías comprar algo.

Encanto, llegas un poco tarde. Porque ya he comprado. Y creo que me quedo con lo que tengo.

Continuó andando por la acera y subió los escalones y entró.

El Barracuda dejó la carretera en un bar de camioneros a las afueras de Balmorhea y siguió hasta la zona de lavado de coches. El conductor se apeó y cerró la puerta y la miró. El cristal y la chapa estaban sucios de sangre y otras materias y fue a buscar cambio en una máquina y volvió e introdujo las monedas en la ranura y descolgó la varilla y lavó el coche y lo enjuagó y volvió a montar y salió a la carretera en dirección oeste.

Bell salió de la casa a las siete y media y tomó la 285 hacia Fort Stockton. Había más de trescientos kilómetros hasta Van Horn y calculó que podía llegar en menos de tres horas. Encendió las luces del techo. A unos quince kilómetros al oeste de Fort Stockton por la interestatal I-10 pasó junto a un coche que ardía en el arcén de la autopista. Había vehículos de policía y uno de los carriles estaba cortado. No se detuvo pero le dio mala espina. Paró en Balmorhea y volvió a llenar el termo de café y llegó a Van Horn a las diez y veinticinco.

No sabía lo que estaba buscando, pero no le hizo falta. En el aparcamiento de un motel había dos coches patrulla del condado de Culberson y uno de la policía del estado todos con las luces encendidas. El motel estaba acordonado con cinta amarilla. Paró allí y aparcó y dejó sus luces puestas.

El ayudante no le conocía pero el sheriff sí. Estaban interrogando a un hombre sentado en mangas de camisa junto a la puerta trasera de uno de los coches. Las malas noticias van que vuelan, dijo el sheriff. ¿Qué está haciendo por aquí, sheriff?

¿Qué ha pasado, Marvin?

Un pequeño tiroteo. ¿Sabes algo de esto?

No lo sé. ¿Ha habido víctimas?

Se han ido hace media hora en la ambulancia. Dos hombres y una mujer. La mujer estaba muerta y uno de ellos no creo que salga vivo de esta. El otro quizá sí.

¿Sabes quiénes eran?

No. Uno de los hombres era mexicano y estamos esperando datos de su coche que está allá abajo. Ninguno de ellos tenía documentación. Ni encima ni tampoco en las habitaciones.

¿Qué dice este hombre?

Que empezó el mexicano. Dice que sacó a rastras a la mujer y que el otro tipo salió con un arma pero que cuando vio que el mexicano apuntaba a la mujer a la cabeza dejó caer su arma. Y en ese momento el mexicano empujó a la mujer y le pegó un tiro y luego le disparó a él. Estaba delante de la ciento diecisiete, allá abajo. Les disparó con una ametralladora, nada menos. Según el testigo el tipo cayó en los escalones y luego cogió su arma y disparó contra el mexicano. No sé cómo pudo hacerlo. Estaba cosido a balazos. Se ve la sangre en la acera. Nuestro tiempo de respuesta fue bastante corto. Siete minutos. La chica ya estaba muerta.

Sin documentación.

Sin documentación. La pickup del otro tipo lleva etiquetas de un concesionario.

Bell asintió. Miró al testigo. El testigo había pedido un cigarrillo y lo encendió y se quedó fumando. Parecía sentirse cómodo. Como si ya hubiera estado antes en un coche de policía.

Esa mujer, dijo Bell. ¿Era anglo?

Sí, era anglo. Pelo rubio. Un poco pelirroja quizá.

¿Habéis encontrado droga?

Todavía no. Seguimos buscando.

¿Dinero?

De momento no hemos encontrado nada. La chica estaba registrada en la ciento veintiuna. Tenía una mochila con ropa dentro y cuatro cosas.

Bell miró hacia la hilera de habitaciones del motel. Gente hablando en pequeños corros. Miró el Barracuda negro.

¿Eso de ahí tiene algo con que hacer girar las ruedas?

Yo diría que sí. Lleva un motor cuatro cuarenta bajo el capó con un compresor.

¿Un compresor?

Sí.

No veo ninguno.

Es un motor transversal. Solo tienes que levantar el capó.

Bell se quedó mirando el coche. Luego giró y miró al sheriff. ¿Puedes dejar esto un rato?

Puedo. ¿Se te ocurre alguna idea?

Pensaba que quizá podrías acompañarme hasta la clínica.

De acuerdo.

Ven en mi coche.

Está bien. Deja que aparque el mío un poco mejor.

Pero si está bien, Ed Tom.

Quiero apartarlo de ahí. Nunca sabes cuándo volverás cuando te vas a otra parte.

En la clínica el sheriff se dirigió a la enfermera de noche por el nombre. Ella miró a Bell.

Ha venido para hacer una identificación, dijo el sheriff.

La enfermera asintió y dejó el lápiz entre las páginas del libro que estaba leyendo. Dos de ellos llegaron aquí sin vida, dijo. Al mexicano se lo han llevado en helicóptero hará unos veinte minutos. O quizá ya lo sabían.

A mí nadie me cuenta nada, encanto, dijo el sheriff.

La siguieron por el pasillo. Había un reguero de sangre en el cemento del piso. No habría sido difícil encontrarlos, ¿verdad?, dijo Bell.

Un rótulo rojo al final del pasillo decía Salida. Antes de llegar allí la enfermera se volvió e introdujo una llave en una puerta metálica del lado izquierdo y la abrió y pulsó el interruptor de la luz. Era una sala de hormigón sin ventanas, vacía a excepción de tres mesas metálicas provistas de ruedas. En dos de ellas había sendos cuerpos cubiertos por sábanas de plástico. La enfermera les franqueó el paso.

No es amigo tuyo, ¿verdad, Ed Tom?

No.

Recibió dos balazos en la cara, de modo que no va a ser agradable. Y no será que no los haya visto yo peores. Esa carretera es una verdadera zona de guerra, para serte franco.

Retiró la sábana. Bell fue hasta el extremo de la mesa. No había cuña bajo el cuello de Moss y su cabeza estaba vuelta hacia un lado. Un ojo parcialmente abierto. Parecía un malo de película. Le habían limpiado la sangre pero tenía agujeros en la cara e impactos de bala en los dientes.

¿Es él?

Sí, es él.

Parece que eso te disgusta.

Tengo que decírselo a su mujer.

Lo siento.

Bell asintió con la cabeza.

Bien, dijo el sheriff. Tú no podías hacer nada para evitarlo.

No, dijo Bell. Pero uno siempre piensa que sí.

El sheriff cubrió la cara de Moss y alargó el brazo para levantar el plástico de la otra mesa y miró a Bell. Bell negó con la cabeza.

Habían alquilado dos habitaciones. Mejor dicho, él. Pagó en metálico. No se entendía el nombre en el registro. Era un garabato.

Se llamaba Moss.

Muy bien. Pasaremos tu información a la oficina. La chica tiene pinta de furcia.

Sí.

Volvió a cubrir la cara. Me temo que a la mujer no le va a gustar tampoco este detalle, dijo el sheriff.

No, eso me temo yo también.

El sheriff miró a la enfermera. Seguía apoyada en la puerta. ¿Sabe cuántas veces le dispararon?, dijo él.

No, sheriff. Puede mirarla si quiere. A mí no me importa y seguro que a ella tampoco.

No hace falta. Ya lo dirá la autopsia. ¿Listo, Ed Tom?

Sí. Ya lo estaba antes de entrar.

Se quedó a solas en la oficina del sheriff con la puerta cerrada y miró fijamente el teléfono del escritorio. Finalmente se levantó y salió. El ayudante levantó la vista.

Se ha ido a casa, supongo.

Sí, señor, dijo el ayudante. ¿Puedo ayudarle en algo, sheriff?

¿A qué distancia está El Paso?

A unos doscientos kilómetros.

Dígale que gracias y que le telefonearé mañana.

Sí, señor.

Paró y comió al otro extremo de la ciudad y se quedó sentado a la mesa bebiendo café y mirando las luces en la carretera. Algo chirriaba. No acababa de verle la lógica. Se miró el reloj. 1:20. Pagó y se dirigió al coche patrulla y montó y se quedó allí sentado. Luego condujo hasta el cruce y giró al este y regresó al motel.

Chigurh tomó una habitación en un motel en el sentido este de la interestatal y cruzó un campo ventoso en la oscuridad y observó el otro lado de la carretera por unos prismáticos. Los grandes camiones aparecían en los gemelos y desaparecían. Sentado sobre los talones con los codos apoyados en las rodillas, observando. Luego volvió al motel.

Programó el despertador para la una y cuando sonó se levantó de la cama y se duchó y se vistió y fue hacia su camioneta con la pequeña bolsa de piel y la puso detrás del asiento.

Dejó el vehículo en el aparcamiento del motel y se quedó un rato allí. Retrepado en el asiento y mirando por el espejo retrovisor. Nada. Los coches de policía se habían marchado hacía rato. La cinta amarilla que bloqueaba la puerta se movía con el viento y los camiones pasaban zumbando camino de

Arizona o California. Bajó y fue hasta la puerta y reventó la cerradura con su pistola de aire y entró y cerró la puerta. Pudo ver bastante bien la habitación con la luz que entraba por la ventana. Pequeños derrames de luz de los impactos de bala en la puerta de contrachapado. Arrimó la mesilla de noche a la pared y se subió y sacó un destornillador del bolsillo trasero y empezó a desenroscar los tornillos de la rejilla metálica del conducto de ventilación. La dejó sobre la mesa y metió el brazo y sacó la bolsa y se bajó y se acercó a la ventana y miró al aparcamiento. Se sacó la pistola que llevaba en la parte de atrás del cinturón y abrió la puerta y salió y la cerró y pasó bajo la cinta y fue hasta su camioneta y montó.

Dejó la bolsa en el suelo y tenía ya la mano en la llave de contacto cuando vio que el coche patrulla del condado de Terrell entraba en el aparcamiento delante de la recepción a unos treinta metros de donde se encontraba. Dejó la llave y esperó. El coche estacionó en una de las plazas y las luces se apagaron. Después el motor. Chigurh esperó, la pistola en el regazo.

Cuando salió Bell echó un vistazo al aparcamiento y luego fue hasta la habitación 117 y probó el pomo de la puerta. No estaba cerrada con llave. Pasó bajo la cinta amarilla y abrió la puerta y buscó a tientas el interruptor y encendió la luz.

Lo primero que vio fue la rejilla y los tornillos encima de la mesa. Cerró la puerta y se quedó allí de pie. Fue hasta la ventana y miró hacia el aparcamiento desde el borde de la cortina. Se quedó allí un rato. Nada se movía. Vio algo tirado en el suelo y se acercó y lo cogió pero ya sabía qué era. Lo examinó. Fue a sentarse en la cama y sopesó la pequeña pieza de latón en la palma de su mano. Luego la dejó sobre el cenicero de la mesilla de noche. Levantó el auricular del teléfono pero no había línea. Dejó el auricular. Sacó su pistola de la funda y abrió el seguro y comprobó los cartuchos que había en el tambor y, cerrando el seguro con el pulgar, se quedó sentado con la pistola encima de la rodilla.

No sabes a ciencia cierta que él está ahí fuera, dijo.

Sí que lo sabes. Lo supiste en el restaurante. Por eso has vuelto.

Bien. ¿Qué te propones hacer?

Se levantó y fue a apagar la luz. Cinco impactos de bala en la puerta. Se quedó con el revólver en la mano, el pulgar sobre el percutor moleteado. Luego abrió la puerta y salió.

Caminó hacia el coche patrulla. Estudiando los vehículos aparcados. La mayor parte pickups. Siempre se veía primero el fogonazo. Pero no lo bastante a tiempo. ¿Nota uno cuando alguien le está observando? Mucha gente pensaba que sí. Llegó al coche patrulla y abrió la puerta con la mano izquierda. La luz cenital se encendió. Montó al volante y cerró la puerta y dejó la pistola en el asiento a su lado y sacó la llave y la puso en el contacto y arrancó. Luego dio marcha atrás y encendió las luces y salió del aparcamiento.

Cuando estuvo fuera de la vista del motel se arrimó al arcén y cogió el micrófono y llamó a la oficina del sheriff. Enviaron dos coches. Colgó el micro y puso el cambio en «neutral» y volvió despacio por el borde de la carretera hasta que pudo ver el rótulo del motel. Miró su reloj. 1:45. El tiempo de respuesta de siete minutos lo pondría en 1:52. Esperó. En el motel todo estaba quieto. A la 1:52 los vio llegar por la carretera y enfilar el desvío uno detrás de otro con las sirenas sonando y las luces encendidas. Siguió atento al motel. A cualquier vehículo que abandonara el aparcamiento y se dirigiera a la vía de acceso, él ya había decidido cortarle el paso.

Cuando los coches patrulla entraron en el motel arrancó y encendió las luces y giró ciento ochenta grados y volvió por el carril contrario y entró en el aparcamiento y se apeó.

Recorrieron el aparcamiento vehículo a vehículo con linternas y las armas desenfundadas y volvieron. Bell fue el primero y se quedó apoyado en su coche patrulla. Hizo un gesto de cabeza a los ayudantes. Caballeros, dijo, creo que nos han superado en estrategia.

Enfundaron sus pistolas. Él y el ayudante en jefe caminaron hasta la habitación y Bell le enseñó la cerradura y el conducto de ventilación y el cilindro de la cerradura.

¿Con qué habrá hecho eso, sheriff?, dijo el ayudante sopesando el cilindro.

Es una larga historia, dijo Bell. Siento que hayan tenido que venir para nada.

No se preocupe, sheriff.

Dígale al sheriff que le llamaré desde El Paso.

Descuide, así lo haré.

Dos horas después se registró en el Rodeway Inn en el lado este de la ciudad y cogió la llave y fue a su habitación y se metió en la cama. Despertó como siempre a las seis y se levantó y corrió las cortinas y volvió a la cama pero no pudo dormir. Finalmente se levantó y se dio una ducha y se vistió y bajó a la cafetería y desayunó leyendo el periódico. Aún no venía nada sobre Moss y la chica. Cuando la camarera llegó con más café Bell le preguntó a qué hora llegaba el periódico de la tarde.

No lo sé, dijo ella. Ya no lo leo.

No la culpo. Yo tampoco lo haría si pudiera.

Ya no lo leo y he hecho que mi marido lo deje de leer.

¿De veras?

No sé cómo tienen narices de llamar noticias a esa porquería.

Ya.

¿Cuánto hace que no ve algo referido a Jesucristo en el periódico?

Bell meneó la cabeza. No lo sé, dijo. Pero me atrevería a decir que hace mucho.

Yo también, dijo ella. Pero mucho, mucho.

Bell había llamado a otras puertas con el mismo tipo de mensaje, no era algo nuevo para él. Vio moverse ligeramente la cortina de la ventana y luego la puerta se abrió y ella se lo quedó mirando, en tejanos y la camisa por fuera. Inexpresiva. A la espera. Él se quitó el sombrero y ella se recostó en la jamba y apartó la cara.

Lo siento, señora, dijo él.

Dios mío, dijo ella. Volvió tambaleándose a la habitación y se dejó caer al suelo y sepultó la cara entre sus brazos con las manos sobre la cabeza. Bell se quedó donde estaba con el sombrero en las manos. No sabía qué hacer. No vio el menor indicio de la abuela. Dos asistentas mexicanas estaban mirando desde el aparcamiento y cuchicheaban entre ellas. Entró en la salita y cerró la puerta.

Carla Jean, dijo.

Oh, Dios, dijo ella.

No sabe cuánto lo siento.

Oh, Dios.

Se quedó allí, sombrero en mano. Lo siento, dijo.

Ella alzó la cabeza y le miró. La cara arrugada. Váyase al cuerno, dijo. Se queda ahí plantado diciendo que lo siente. Mi marido está muerto. ¿Es que no lo entiende? Como diga otra vez que lo siente le juro que voy a por la pistola y le pego dos tiros.

9

Tuve que tomármelo al pie de la letra. Qué otra cosa podía hacer. No volví a verla más. Quería decirle que lo que contaba la prensa no era verdad. Lo de él y la chica. Resultó que era prófuga. Con quince años. Yo no creo que él tuviera nada que ver con esa chica y me da rabia que ella pensara que sí. Se le notaba. La telefoneé varias veces pero me colgaba el teléfono y no la culpo. Luego cuando me llamaron de Odessa y me dijeron lo que había pasado yo casi no podía creérmelo. No tenía ningún sentido. Fui a Odessa pero ya no había nada que hacer. Su abuela acababa de morir también. Miré si podía sacar las huellas dactilares del tipo en la base de datos del FBI pero me dijeron que no constaban. Quería saber cómo se llamaba y qué había hecho y ese tipo de cosas. Al final uno acaba pareciendo tonto. Es un fantasma. Pero está ahí. Parece imposible llegar y desaparecer de esa manera. Espero tener más noticias. Quizá las haya. Quizá no. Es fácil engañarse uno mismo. Decirte lo que quieres oír. Te despiertas por la noche y piensas cosas. Yo ya no estoy seguro de lo que quiero oír. Te dices a ti mismo que este asunto quizá ha terminado. Pero sabes que no es así. Por más que lo desees.

Mi padre siempre me decía que hiciera las cosas lo mejor que supiese y que dijera la verdad. Que nada tranquilizaba tanto como despertarte por la mañana y no tener que decidir quién eras. Y si has hecho algo mal da la cara y di lo siento y apechuga. No cargues más peso del necesario. Imagino que hoy día todo esto suena muy ingenuo. Incluso a mí me lo parece. Razón de más para reflexionar. Mi padre no hablaba mucho, por eso me acuerdo de lo que decía. Y recuerdo que no tenía mucha paciencia para repetir las cosas dos veces, de modo que aprendí a escucharlas a la primera. Puede que de joven me apartara un poco de todo ello pero cuando volví a ese camino decidí no dejarlo nunca más y así ha sido. Yo creo que la verdad siempre es simple. Y lo es por fuerza. Tiene que ser lo bastante simple para que la entienda un niño. De lo contrario sería demasiado tarde. Cuando la comprendieras ya sería tarde.

Chigurh estaba frente a la mesa de la recepcionista vestido con traje y corbata. Dejó el maletín en el suelo y echó un vistazo a la oficina.

¿Cómo se deletrea?, dijo ella.

Chigurh se lo deletreó.

¿Le espera él?

No. Pero se va a alegrar de verme.

Aguarde un momento.

Llamó por el interfono. Silencio. Luego colgó el aparato. Ya puede pasar, dijo.

Abrió la puerta y entró y un hombre sentado al escritorio se levantó y le miró. Rodeó la mesa y le tendió la mano. Ese apellido me suena, dijo.

Se sentaron en un sofá en el rincón de la oficina y Chigurh dejó el maletín sobre la mesita baja y la señaló con la cabeza. Eso de ahí es suyo, dijo.

¿Qué es?

Dinero que le pertenece.

El hombre se quedó mirando el maletín. Luego se levantó y fue al escritorio y se inclinó y pulsó un botón. No me pase llamadas, dijo.

Se dio media vuelta y apoyó las manos detrás de él en el escritorio y se inclinó hacia atrás y miró detenidamente a Chigurh. ¿Cómo me ha encontrado?, dijo.

¿Qué importa eso?

A mí me importa.

No tiene que preocuparse. No va a venir nadie más.

¿Cómo lo sabe?

Porque yo me encargo de quién viene y quién no. Creo que deberíamos hablar de lo que nos ocupa. No quiero invertir demasiado tiempo en hacer que se tranquilice. Creo que sería inútil e ingrato. De modo que hablemos de dinero.

Está bien.

No está todo. Faltan unos cien mil dólares. Una parte fue robada y la otra ha sido para cubrir mis gastos. He pasado ciertos apuros para recuperar su propiedad de modo que preferiría que no se me considere portador de malas noticias. En ese maletín hay dos coma tres millones. Lamento no haber podido recuperarlo todo, pero aquí lo tiene.

El hombre no se había movido. Al cabo de un rato dijo: ¿Quién carajo es usted?

Me llamo Anton Chigurh.

Eso ya lo sé.

Entonces, ¿por qué lo pregunta?

Qué quiere. Supongo que eso es lo que quiero saber.

Bien. Yo diría que el objeto de mi visita es básicamente establecer mi autenticidad. Como persona experta en un campo difícil. Como persona totalmente fiable y absolutamente honrada. Algo así.

Alguien con quien yo podría tener tratos.

Sí.

Va en serio.

Absolutamente.

Chigurh le observó. Vio la dilatación en sus ojos y el pulso en la arteria de su cuello. El compás de su respiración. Al principio, cuando había apoyado las manos detrás de él en el escritorio, se le veía más o menos relajado. Estaba aún en idéntica postura, pero ya no parecía relajado.

No habrá una bomba en el maldito maletín, ¿verdad?

No. Nada de bombas.

Chigurh desató las correas y abrió la pequeña hebilla de latón y levantó la solapa de piel y empujó el maletín hacia delante.

Ya, dijo el hombre. Guarde eso.

Chigurh cerró el maletín. El hombre dejó de apoyarse en la mesa y se enderezó. Se pasó los nudillos por la boca.

Creo que lo que debería considerar, dijo Chigurh, es cómo perdió ese dinero. A quién escuchó y qué ocurrió después.

Sí. Aquí no podemos hablar.

Lo entiendo. De todos modos no espero que asimile toda la información de una sola tacada. Le llamaré dentro de dos días.

Muy bien.

Chigurh se levantó del sofá. El hombre señaló con la cabeza el maletín. Con ese dinero podría hacer muchas cosas por su cuenta, dijo.

Chigurh sonrió. Tenemos mucho de que hablar, dijo. A partir de ahora trataremos con gente nueva. No habrá más problemas.

¿Qué ha pasado con la gente vieja?

Se han dedicado a otras cosas. No todo el mundo es apto para este trabajo. La perspectiva de unos beneficios desorbitados lleva a la gente a exagerar sus propias aptitudes. Para sus adentros. Creen que controlan la situación cuando quizá no es así. Y es la postura de uno sobre terreno incierto lo que propicia la atención de los enemigos. O los ahuyenta.

¿Y usted? ¿Qué pasa con sus enemigos?

Yo no tengo enemigos. No permito que los haya.

Miró en derredor. Bonita oficina, dijo. Muy discreta. Señaló con la cabeza hacia el cuadro que había en la pared. ¿Es un original?

El hombre miró el cuadro. No, dijo. No lo es. Pero tengo el original. Guardado en una cámara de seguridad.

Excelente, dijo Chigurh.

El funeral tuvo lugar un día frío y ventoso de marzo. Ella estaba al lado de la hermana de su abuela. El marido de la hermana estaba sentado delante de ella en una silla de ruedas con la barbilla apoyada en la mano. La difunta tenía más amigos de los que ella imaginaba. Eso la sorprendió. Habían acudido con velo negro sobre la cara. Apoyó la mano en el hombro de su tío y este levantó su mano y le dio unas palmaditas. Ella pensaba que quizá estaba dormido. Todo el tiempo en que el viento sopló y el predicador estuvo hablando tuvo la sensación de que alguien la observaba. Incluso miró un par de veces a su alrededor.

Era de noche cuando llegó a casa. Entró en la cocina y puso agua a hervir y se sentó a la mesa. No había sentido ganas de llorar. Ahora lloró. Bajó la cara sobre sus brazos cruzados. Oh, mamá, dijo.

Subió al piso de arriba y al encender la luz de su dormitorio Chigurh estaba sentado a la pequeña mesa, esperándola.

Ella se quedó en el umbral y su mano se apartó despacio del interruptor de la luz. Él no se movió en absoluto. Ella se quedó allí de pie, con el sombrero en la mano. Finalmente dijo: Sabía que esto no había acabado.

Muy lista.

Yo no lo tengo.

¿El qué?

Necesito sentarme.

Chigurh indicó la cama con un gesto de cabeza. Ella se sentó y dejó el sombrero al lado y luego lo cogió otra vez y lo sostuvo contra el pecho.

Demasiado tarde, dijo Chigurh.

Lo sé.

¿Qué es lo que no tiene?

Creo que ya sabe de qué hablo.

Qué cantidad tiene.

Nada de nada. En total tenía unos siete mil dólares y le aseguro que ya no me queda nada y sí en cambio muchas facturas que pagar. Hoy he enterrado a mi madre. Eso tampoco lo he pagado.

Yo no me preocuparía.

Ella miró la mesilla de noche.

No está ahí, dijo él.

Se quedó echada hacia delante, el sombrero entre los brazos. No tiene ningún motivo para hacerme daño, dijo.

Lo sé. Pero he dado mi palabra.

¿Su palabra?

Sí. Estamos a merced de los muertos. En este caso, su marido.

Eso no tiene sentido.

Me temo que sí.

Yo no tengo el dinero. Usted lo sabe.

Lo sé.

¿Le dio su palabra a mi marido de que me mataría?

Sí.

Está muerto. Mi marido está muerto.

Sí. Pero yo no.

Usted no les debe nada a los muertos.

Chigurh ladeó ligeramente la cabeza. ¿No?, dijo.

¿Cómo iba a deberles nada?

¿Por qué no?

Están muertos.

Sí, pero mi palabra no. Nada puede cambiar eso.

Usted puede cambiarlo.

No creo. Incluso a un ateo le sería útil tomar como modelo a Dios. Muy útil, de hecho.

No es más que un blasfemo.

Duras palabras. Pero lo que está hecho no se puede deshacer. Creo que eso lo entiende. Su marido, y quizá le angustiará saberlo, tuvo la oportunidad de ponerla a usted fuera de peligro y decidió no hacerlo. Se le dio esa oportunidad y su respuesta fue no. De lo contrario yo no estaría aquí.

Se propone matarme.

Lo siento.

Ella dejó el sombrero en la cama y miró por la ventana. El verde nuevo de los árboles a la luz de la lámpara de vapor inclinándose y enderezándose de nuevo con el viento vespertino. Yo no sé lo que he hecho, dijo. De veras que no.

Chigurh asintió con la cabeza. Probablemente lo sabe, dijo. Hay un motivo para todo.

Ella meneó la cabeza. Cuántas veces no habré dicho esas palabras. No volveré a hacerlo.

Ha sufrido una pérdida de fe.

He sufrido una pérdida de todo lo que tenía. ¿Mi marido quería matarme?

Sí. ¿Hay algo que le gustaría decir?

¿A quién?

Aquí no hay nadie más que yo.

No tengo nada que decirle.

Todo irá bien. Trate de no preocuparse por eso.

¿Qué?

Veo su expresión, dijo él. No importa la clase de persona que yo sea, entiende. No debe tener más miedo de morir porque crea que soy una mala persona.

Sabía que estaba loco en cuanto le he visto ahí sentado, dijo ella. Sabía exactamente lo que me esperaba. Aunque no hubiera podido expresarlo con palabras.

Chigurh sonrió. Es difícil de entender, dijo. Veo cómo lucha la gente. La expresión de sus caras. Siempre dicen lo mismo.

Qué dicen.

Dicen: No tiene por qué hacerlo.

Es verdad.

Pero eso no ayuda, ¿o sí?

No.

Entonces, ¿por qué lo dice?

Nunca lo había dicho hasta ahora.

Cualquiera en su situación.

Ahora soy solo yo, dijo ella. No hay nadie más.

Por supuesto.

Ella miró el arma. Apartó la vista. Se quedó sentada con la cabeza gacha, los hombros le temblaban. Oh, mamá, dijo.

Usted no ha tenido ninguna culpa.

Ella meneó la cabeza, sollozando.

Usted no hizo nada. Fue mala suerte.

Ella asintió.

Chigurh la observó, el mentón apoyado en una mano. Muy bien, dijo. Es todo lo que puedo hacer.

Estiró la pierna y hurgó en su bolsillo y sacó varias monedas y cogió una y la sostuvo en alto. Para que ella viera que era justo. La sostuvo entre el pulgar y el índice y la sopesó y luego la lanzó al aire y la cazó al vuelo y la plantó sobre la cara externa de su muñeca. Diga, dijo.

Ella le miró, miró su muñeca extendida. ¿Qué?, dijo.

Cara o cruz.

No pienso hacerlo.

Claro que sí. Diga.

Dios no querría que lo hiciera.

Naturalmente que sí. Debería usted tratar de salvarse. Diga. Es su última oportunidad.

Cara, dijo ella.

Él levantó la mano. La moneda mostraba cruz.

Lo siento.

Ella no dijo nada.

Tal vez sea lo mejor.

Ella apartó la vista. Lo dice como si dependiera de la moneda. Pero es usted quien elige.

Podría haber salido cara.

La moneda no tiene nada que ver. Depende de usted.

Quizá sí. Pero mírelo desde mi punto de vista. Yo he llegado aquí lo mismo que la moneda.

Ella sollozó por lo bajo. No dijo nada.

Para cosas con un destino común hay un sendero común. No siempre es fácil de ver. Pero lo hay.

Todo cuanto yo pensaba ha resultado ser diferente, dijo ella. No hay nada en mi vida que yo pudiera haber adivinado. Ni esto ni nada.

Lo sé.

Usted no me habría dejado ir.

Yo no tenía voz en este asunto. Cada momento de su vida es un giro y cada giro una elección. En algún momento usted eligió. Lo que vino fue una consecuencia. Las cuentas son escrupulosas. Todo está dibujado. Ninguna línea se puede borrar. En ningún momento he pensado que pudiera inclinar la balanza a su favor. ¿Cómo iba a hacerlo? El camino que uno sigue en la vida raramente cambia y más raramente aún lo hace de manera brusca. Y la forma de su sendero particular era ya visible desde el principio.

Ella siguió sollozando. Meneó la cabeza.

Sin embargo, aunque podría haberle dicho cómo iba a acabar todo esto me ha parecido que no era demasiado pedir que tuviera usted un último atisbo de esperanza que le levantara el ánimo antes de que caiga la mortaja, la oscuridad. ¿Entiende?

Dios mío, dijo ella. Dios mío.

Lo siento.

Ella le miró por última vez. No tiene por qué hacerlo, dijo. No tiene por qué. No.

Él meneó la cabeza. Me está pidiendo que me vuelva vulnerable y eso no puedo hacerlo. Solo tengo una manera de vivir. Y no contempla casos especiales. Un cara o cruz, quizá sí. En este caso con poco éxito. La mayoría de la gente no cree que pueda existir semejante persona. Se hará cargo del problema que eso les supone. Cómo imponerse a aquello cuya existencia uno se niega a reconocer. ¿Lo entiende? Cuando yo entré en su vida su vida ya había acabado. Ha tenido un principio, un desarrollo y un final. Esto es el final. Puede decir que las cosas podrían haber sido de otra manera; que podrían haber tomado otros derroteros. Pero ¿y cómo? Las cosas no son de otra manera. Son de esta. Me pide que haga como que el mundo es lo que no es. ¿Se da cuenta?

Sí, dijo ella, sollozando. Me doy cuenta. De verdad.

Bien, dijo él. Eso está bien. Luego le disparó.

El automóvil que chocó con Chigurh en la intersección a tres manzanas de la casa era un Buick de diez años de antigüedad que se había saltado un stop. No había huellas de patinazo y el coche no había intentado frenar. Chigurh nunca llevaba puesto el cinturón de seguridad cuando conducía por ciudad debido precisamente a riesgos de esta índole y aunque vio venir el Buick y se lanzó hacia el otro lado de la camioneta el impacto hundió instantáneamente la puerta del conductor y le rompió el brazo por dos sitios y le fracturó varias costillas y le hizo un corte en la cabeza y en la pierna. Salió como pudo por la puerta del copiloto y caminó hasta la acera y se sentó en el césped de una casa y se miró el brazo. El hueso asomando bajo la piel. Una herida fea. Una mujer en bata salió gritando.

La sangre le entraba en los ojos mientras trataba de pensar. Se agarró el brazo y lo giró e intentó ver si sangraba mucho. Si la arteria radial estaba cortada. Le pareció que no. La cabeza le zumbaba. No sentía dolor. Todavía no.

Dos muchachos estaban allí de pie mirándole.

¿Se encuentra bien, señor?

Sí, dijo. Me encuentro bien. Dejadme estar un rato aquí sentado.

La ambulancia no tardará. Ese hombre de allá ha ido a llamarla.

Muy bien.

Seguro que se encuentra bien.

Chigurh los miró. ¿Qué queréis por esa camisa?, dijo.

Los chicos se miraron. ¿Qué camisa?

Cualquiera. ¿Cuánto?

Estiró la pierna y metió la mano en el bolsillo y sacó su monedero. Necesito algo para vendarme la cabeza y un cabestrillo para este brazo.

Uno de los chicos empezó a desabrocharse la camisa. Caray, señor. ¿Por qué no lo ha dicho? Le doy mi camisa.

Chigurh la cogió y la rasgó en dos con los dientes por la parte de la espalda. Se envolvió la cabeza como si llevara un pañuelo y con la otra mitad improvisó un cabestrillo y metió el brazo en él.

Atadme esto, dijo.

Los chicos se miraron.

Atadlo.

El que llevaba una camiseta se adelantó y se arrodilló e hizo un nudo en el cabestrillo. Ese brazo tiene mala pinta, dijo.

Chigurh sacó un billete del monedero y se guardó el monedero en el bolsillo y cogió el billete que sujetaba con los dientes y se puso de pie y tendió la mano.

Caray, señor. A mí no me importa ayudar a la gente. Eso es mucho dinero.

Tómalo. Tómalo pero recuerda que no sabes qué cara tengo. ¿Has entendido?

El chico cogió el billete. Sí, señor, dijo.

Le vieron alejarse por la acera sujetándose el trapo en torno a la cabeza, cojeando un poco. La mitad de eso es mía, dijo el otro chico.

Tú aún conservas la camiseta.

No te lo ha dado por eso.

Puede, pero yo me he quedado sin camisa.

Se acercaron a donde los vehículos seguían humeando. Las farolas se habían encendido. Un charco verde de anticongelante se estaba formando en la cuneta. Cuando pasaron junto a la camioneta de Chigurh el de la camiseta detuvo al otro con la mano. ¿Ves lo que yo veo?, dijo.

Joder, dijo el otro.

Lo que vieron fue la pistola de Chigurh en el suelo del lado del copiloto. Se oían ya las sirenas a lo lejos. Cógela, dijo el primero. Venga.

¿Por qué yo?

Yo no tengo camisa para taparla. Vamos. Date prisa.

Subió los tres peldaños de madera hasta el porche y llamó con suavidad a la puerta con el dorso de la mano. Se quitó el sombrero y se pasó la manga de la camisa por la frente y volvió a ponerse el sombrero.

Adelante, gritó una voz.

Abrió la puerta y entró a la fresca oscuridad. ¿Ellis?

Estoy aquí. En la parte de atrás.

Cruzó la cocina. El viejo estaba sentado en su silla al lado de la mesa. La habitación olía a grasa de beicon y humo de leña rancios, todo ello bajo un tufo de orines. Como olor a gato pero no solo a gato. Bell permaneció en el umbral y se quitó el sombrero. El viejo levantó la vista. Un ojo anublado a resultas de la espina de cholla que se le clavó al ser tirado por un caballo. Hola, Ed Tom, dijo. No sabía quién era.

¿Cómo va todo?

Ya lo ves. ¿Vienes solo?

Sí, señor.

Siéntate. ¿Quieres café?

Bell miró el barullo que había sobre el hule a cuadros. Frascos de medicamento. Migas de pan. Revistas de caballos de carreras. No, gracias, dijo. Te lo agradezco.

He tenido carta de tu esposa.

Puedes llamarla Loretta.

Ya sé que puedo. ¿Sabías que me escribe?

Creo que sabía que te había escrito un par de veces.

Más de un par de veces. Me escribe bastante a menudo. Me cuenta las novedades.

No sabía yo que hubiera ninguna.

Te sorprenderías.

¿Y qué tiene de especial esta carta?

Me decía que te jubilas, eso es todo. Siéntate.

El viejo no miró a ver si lo hacía. Empezó a liar un cigarrillo de una bolsita de tabaco que tenía al lado. Retorció el extremo con la boca y le dio media vuelta y lo encendió con un viejo Zippo muy gastado. Se puso a fumar, el cigarrillo entre los dedos como un lápiz.

¿Te encuentras bien?, dijo Bell.

Me encuentro bien.

Ladeó ligeramente la silla y observó a Bell a través del humo. A ti te veo más viejo, dijo.

Lo soy.

El viejo asintió. Bell había agarrado una silla y tomó asiento y dejó el sombrero encima de la mesa.

Deja que te haga una pregunta, dijo.

Bueno.

Qué es lo que más lamentas de toda tu vida.

El viejo le miró, calibrando la pregunta. No lo sé, dijo. No tengo mucho que lamentar, la verdad. Se me ocurren montones de cosas que uno pensaría que tal vez harían más feliz a un hombre. Supongo que poder caminar sería una de ellas. Haz tú mismo la lista. Puede que ya tengas una. Yo creo que cuando te haces adulto eres todo lo feliz que vas a ser en la vida. Tendrás buenos y malos momentos, pero al final serás tan feliz como lo eras antes. O tan infeliz. He conocido a gente que nunca lo comprendió.

Sé lo que quieres decir.

Ya lo sé.

El viejo fumó. Si lo que me preguntas es qué fue lo que me hizo más infeliz entonces creo que ya lo sabes.

Sí, señor.

Y no es esta silla. Ni tampoco este ojo de algodón.

Sí, señor. Eso ya lo sé.

Te apuntas a un viaje y probablemente crees tener cierta idea de cuál es el destino de ese viaje. Pero podrías no tenerla. O podrían haberte engatusado. En ese caso seguramente nadie te culpará. Si te jubilas. Pero si se trata de que las cosas se han puesto más difíciles de lo que tú esperabas, ah, eso ya es otro cantar.

Bell asintió con la cabeza.

Supongo que hay cosas que es mejor no poner a prueba.

Supones bien.

¿Qué haría falta para que Loretta se marchara?

No lo sé. Imagino que yo tendría que hacer algo realmente malo. Desde luego no sería porque las cosas se hayan puesto más difíciles. Ella ya ha pasado por eso otras veces.

Ellis asintió con la cabeza. Tiró la ceniza a la tapa de un tarro que había sobre la mesa. Te tomaré la palabra, dijo.

Bell sonrió. Miró en derredor. ¿Ese café es reciente?

Me parece que está bien. Generalmente hago una cafetera nueva cada semana aunque me quede un poco.

Bell sonrió de nuevo y se levantó y fue a enchufar la cafetera.

Tomaron café sentados a la mesa en las mismas agrietadas tazas de porcelana que ya estaban en la casa antes de que él naciera. Bell miró su taza y miró la cocina. Bien, dijo. Algunas cosas no cambian, creo.

¿Como cuáles?, dijo el viejo.

Bah, qué sé yo.

Lo mismo digo.

¿Cuántos gatos tienes?

Varios. Depende de lo que quieras decir por tener. Algunos son medio salvajes y el resto simples proscritos. Se han largado corriendo cuando han oído tu camioneta.

¿Tú has oído la camioneta?

¿Cómo?

Digo que si... Te estás divirtiendo a mi costa.

¿Yo? No sé por qué lo dices.

¿Sí o no?

No. Los he visto salir pitando, a los gatos.

¿Quieres más de esto?

Tengo suficiente.

El hombre que te disparó murió en prisión.

En Angola. Sí.

¿Qué habrías hecho si lo hubieran puesto en libertad?

No lo sé. Nada. No tendría ningún sentido. No tiene ningún sentido. Nada lo tiene.

Me sorprende oírte decir eso.

Uno se va agotando, Ed Tom. Al mismo tiempo que intentas recuperar lo que te han quitado vas perdiendo otras cosas casi sin darte cuenta. Y al final procuras hacer de tripas corazón. Tu abuelo nunca me pidió que trabajara como ayudante suyo. Fue por propia voluntad. Qué diablos, yo no tenía otra cosa que hacer. Cobraba más o menos lo mismo que de vaquero. Además, nunca sabes de qué suerte peor te ha salvado tu mala suerte. Yo fui demasiado joven para una guerra y demasiado viejo para la siguiente. Pero he visto los resultados. Se puede ser patriota y sin embargo creer que algunas cosas cuestan más de lo que valen. Pregunta a las Gold Star Mothers lo que pagaron y lo que les dieron a cambio. Siempre se paga demasiado. Sobre todo por las promesas. No existe promesa que sea una ganga. Ya lo verás. Quizá ya lo has visto.

Bell guardó silencio.

Siempre pensé que cuando llegara a viejo Dios entraría en mi vida de una manera u otra. No ha sido así. Y no le culpo. Si estuviera en su lugar tendría la misma opinión de mí que tiene él.

Tú no sabes lo que piensa.

Sí que lo sé.

Miró a Bell. Recuerdo una vez que viniste a verme después de que os mudarais a Denton. Entraste y miraste a tu alrededor y me preguntaste qué intenciones tenía.

Sí.

Pero ahora no me lo preguntarías, ¿verdad?
Quizá no.
Seguro.
Tomó un sorbo del maloliente café.
¿Piensas alguna vez en Harold?, dijo Bell.
¿Harold?
Sí.
No mucho. Él era un poco mayor que yo. Nació en el noventa y nueve. Estoy casi seguro. ¿Qué te ha hecho pensar en Harold?
Estuve leyendo algunas cartas que le escribió tu madre, eso es todo. Me preguntaba qué recordarías de él.
¿Había cartas de Harold?
No.
Uno piensa en la familia. Trata de verle un sentido a todo eso. Sé lo que supuso para mi madre. Nunca lo superó. Tampoco sé qué sentido tiene eso si es que lo tiene. ¿Conoces esa canción que cantan en la iglesia? ¿Con el tiempo lo comprenderemos todo? Hace falta mucha fe. Te lo imaginas yendo a la guerra y muriendo en una trinchera no sé dónde. Con diecisiete años. Dímelo tú. Porque yo desde luego no lo sé.
Te entiendo. ¿Querías ir a alguna parte?
No necesito que nadie me saque de paseo. Estoy bien aquí sentado. No me pasa nada, Ed Tom.
No es ningún problema.
Ya lo sé.
Está bien.
Bell le observó. El viejo aplastó el cigarrillo en la tapa. Bell trató de pensar en su vida. Luego trató de no pensar. No te habrás vuelto ateo, ¿verdad, tío Ellis?
No. No. Nada de eso.
¿Tú crees que Dios sabe lo que está pasando?
Espero que sí.
¿Crees que puede pararlo?
No. No lo creo.

Se quedaron un rato callados. Al cabo el viejo dijo: Ella mencionó que había un montón de fotos antiguas y objetos de familia. Que qué hacíamos con eso. Vaya. No hay nada que hacer, me parece a mí. ¿O sí?

No. Supongo que no.

Le dije que enviara el Colt de tío Mac y su vieja placa *cinco peso** a los Rangers. Creo que tienen un museo. Pero a ella no supe qué decirle. Todas esas cosas están ahí. En esa cómoda. El secreter está lleno de papeles. Inclinó la taza y miró en el fondo.

Él nunca estuvo con Coffee Jack. Quiero decir tío Mac. Son todo patrañas. No sé quién corrió la voz. Lo mataron en el porche de su casa en el condado de Hudspeth.

Es lo que había oído decir.

Se presentaron en la casa, eran siete u ocho. Querían que si tal y que si cual. Mac volvió a entrar y salió con una escopeta pero ellos ya se lo olían y lo cosieron a balazos en su propia puerta. Ella salió corriendo y trató de parar la hemorragia. Intentó meterlo en la casa. Dijo que él solo quería agarrar otra vez la escopeta. Los tipos se quedaron allí, montados en sus caballos. Al final se fueron. No sé por qué. Supongo que algo les asustó. Uno de ellos dijo algo en indio y dieron todos media vuelta y se largaron. Ni siquiera entraron en la casa. Ella lo metió dentro pero era un hombre corpulento y no pudo subirlo a la cama de ninguna manera. Preparó un jergón en el suelo. No había nada que hacer. Ella siempre decía que debió dejarlo allí y correr a buscar ayuda pero no sé dónde habría podido ir. Él no la dejaba marchar. Casi no la dejaba ir ni a la cocina. Sabía lo que pasaba. Le habían disparado en el pulmón derecho. Y colorín colorado. Como se suele decir.

¿Cuándo murió?

* Insignia utilizada antiguamente por los Rangers de Texas. Muchas de ellas se hacían con monedas mexicanas de cinco pesos. Por el camino, sin embargo, los texanos le comieron la «s» al plural. *(N. del T.)*

En mil ochocientos setenta y nueve.

No, quiero decir si fue enseguida o por la noche o cuándo.

Creo que esa misma noche. O por la mañana temprano. Ella misma lo enterró. En aquel duro *caliche*. Luego cargó el carro y enganchó los caballos y se marchó de allí para no volver más. La casa ardió en un incendio en los años veinte. Lo que quedaba de ella. Podría llevarte ahora mismo. La chimenea de piedra todavía estaba en pie y quizá lo esté aún. Había un buen pedazo de tierra. Ocho o diez parcelas si no recuerdo mal. Ella no podía pagar los impuestos, por poco que fuera eso. No podía vender el terreno. ¿Tú la recuerdas?

No. He visto una foto de los dos cuando yo tenía unos cuatro años. Ella está sentada en una mecedora en el porche de esta casa y yo de pie a su lado. Ojalá pudiera decir que me acuerdo de ella pero no.

No volvió a casarse. Años después trabajó de maestra de escuela. En San Angelo. Este país fue muy duro con la gente. Pero parece que la gente nunca se lo tuvo en cuenta. En cierto modo resulta raro. Que fuera así. Piensa en todo lo que le ha pasado a esta familia. Yo no sé qué demonios hago aquí todavía. Todos aquellos jóvenes. La mitad no sabemos ni dónde están enterrados. Uno se pregunta de qué sirvió todo eso. Y vuelvo a lo de antes. ¿Cómo es que la gente no le exige responsabilidades a este país? Puedes decir que el país es solo el país, que por sí solo no hace nada, pero eso no significa gran cosa. Una vez vi que un hombre se liaba a tiros contra su camioneta. Debió de pensar que tenía la culpa de algo. Este país te mata en un abrir y cerrar de ojos pero la gente lo sigue amando. ¿Entiendes lo que digo?

Creo que sí. ¿Tú lo amas?

Supongo que podría decir que sí. Pero sería el primero en reconocer que soy más ignorante que una caja de piedras así que no te fíes de lo que pueda decir yo.

Bell sonrió. Se puso de pie y fue al fregadero. El viejo giró un poco la silla de manera que pudiera verle. ¿Qué haces?, dijo.

Pensaba lavar estos platos.

Déjalo, caramba, Ed Tom. Lupe vendrá por la mañana.

Si solo será un minuto.

El agua del grifo estaba tratada con yeso. Llenó el fregadero y añadió un poco de jabón en polvo. Luego añadió un poco más.

Pensaba que tenías un televisor en la casa.

Antes tenía muchas cosas.

¿Por qué no lo dijiste? Te traeré uno.

No lo necesito.

Hace compañía.

No fue la tele la que me abandonó. La tiré yo mismo.

¿Nunca miras las noticias?

No. ¿Tú sí?

No mucho.

Enjuagó los platos y los puso a secar y se quedó mirando por la ventana el jardín sembrado de maleza. Un ahumadero castigado por la intemperie. Un remolque de aluminio para dos caballos sobre unos bloques. Antes tenías gallinas, dijo.

Sí, dijo el viejo.

Bell se secó las manos y volvió a la mesa y se sentó. Miró a su tío. ¿Alguna vez has hecho algo que te avergonzara tanto como para no contárselo a nadie?

Su tío lo pensó. Creo que sí, dijo. Yo diría que le pasa a todo el mundo. ¿Qué es lo que has descubierto de mí?

Hablo en serio.

Está bien.

Quiero decir algo malo.

Cómo de malo.

No sé. Algo que no puedes quitarte de encima.

¿Algo por lo que podrías ir a la cárcel?

Bueno, supongo que algo por el estilo. Pero no necesariamente.

Tendría que pensarlo.

No tendrías que pensarlo.

¿Qué diablos te pasa? No voy a invitarte a venir nunca más.

Esta vez no me has invitado.

Vaya. Es verdad.

Bell tenía los codos apoyados en la mesa y las manos juntas. Su tío le observó. Espero que no vayas a hacer una horrible confesión, dijo. A lo mejor no me interesa oírla.

¿Quieres oírla?

Sí. Adelante.

De acuerdo.

No será de carácter sexual, ¿eh?

No.

Bien. Cuéntamelo de todos modos.

Es sobre los héroes de guerra.

Ah. ¿Se refiere a ti?

Sí. Se refiere a mí.

Adelante.

Estoy en ello. Te diré lo que pasó en realidad, lo que me valió una condecoración.

Adelante.

Nos encontrábamos en una posición avanzada escuchando señales de radio y estábamos escondidos en una alquería. Una casa de piedra de solo dos habitaciones. Llevábamos allí dos días y no había dejado de llover. Un diluvio. Hacia la mitad del segundo día el operador se quitó los auriculares y dijo: Escuchad. Bueno, eso hicimos. Cuando alguien dice que escuches, tú escuchas. Y no oímos nada. Y yo le dije: ¿Qué pasa? Nada, dijo él.

Yo dije ¿Cómo que nada? ¿De qué estás hablando? ¿Qué has oído? Y él dijo: Quiero decir que no se oye nada. Escuchad. Y tenía razón. No se oía ni un solo sonido. Ni artillería ni nada. El único sonido era la lluvia. Y eso es prácticamente lo último que recuerdo. Cuando me desperté estaba fuera bajo la lluvia y no sé el tiempo que llevaba allí tirado.

Estaba mojado y tenía frío y los oídos me zumbaban y cuando pude incorporarme y miré la casa había desaparecido. Solo quedaba en pie parte de la pared de un extremo. Un mortero había atravesado la pared y lo había destrozado todo. No podía oír nada. Ni siquiera la lluvia. Si decía algo lo oía dentro de mi cabeza pero nada más. Me levanté y fui a donde había estado la casa y había partes del tejado cubriendo buena parte del suelo y vi a uno de los nuestros sepultado por piedras y maderos e intenté mover algunas cosas para ver si podía sacarlo. Tenía la cabeza como entumecida. Y mientras estaba en eso me incorporé y miré y vi que los fusileros alemanes se acercaban por el campo. Salían de entre unos árboles como a doscientos metros y estaban cruzando aquel campo. Yo aún no sabía qué había pasado exactamente. Estaba bastante mareado. Me agazapé junto a aquella pared y lo primero que vi fue la ametralladora calibre 30 de Wallace asomando bajo unas maderas. Iba refrigerada por aire y alimentada por cinta de una caja metálica y me figuré que si los dejaba acercarse un poco más podría dispararles en campo abierto y ellos no podrían utilizar la artillería porque estarían demasiado cerca. Escarbé en el suelo y por fin conseguí sacar aquella cosa, y el trípode también, y excavé un poco más y encontré la caja de munición y me instalé detrás de la sección de pared y accioné la corredera y quité el seguro y empecé a disparar.

Era difícil decir dónde daban las balas debido al suelo mojado pero supe que no lo estaba haciendo mal. Vacié unos dos palmos de cinta y me mantuve alerta y después de un silencio de dos o tres minutos un cabeza cuadrada empezó a correr para alcanzar los árboles pero yo estuve muy atento. Mantuve a raya a los demás y mientras tanto oía gemir a algunos de los nuestros y no tenía ni idea de lo que iba a hacer cuando cayera la noche. Y por eso me dieron la Estrella de Bronce. El comandante que me propuso para la medalla se llamaba McAllister y era de Georgia. Le dije que no la quería. Él se me quedó mirando y me dijo: Estoy esperando que me explique qué motivos tiene para rechazar una condecoración militar. Se lo expliqué. Cuando terminé él me dijo: Sargento, usted va a aceptar esa condecoración. Querían que pareciera que había sido positivo. Que había servido de algo. Perder la posición. Me dijo usted la va a aceptar, y si cuenta por ahí lo que me ha dicho yo me enteraré y cuando eso pase usted deseará estar en el infierno con la espalda rota. ¿Queda claro? Y yo dije sí, señor. Que más claro no podía estar. Y eso fue todo.

Y ahora vas a explicarme lo que hiciste.

Sí, señor.

Cuando anocheció.

Cuando anocheció. Sí.

¿Qué hiciste?

Echar a correr.

El viejo reflexionó. Al cabo de un rato dijo: Deduzco que en su momento te debió de parecer muy buena idea.

Sí, dijo Bell. Desde luego.

¿Qué habría pasado si llegas a quedarte allí?

Los alemanes habrían venido amparados en la oscuridad y me habrían lanzado granadas de mano. O quizá habrían vuelto a los árboles y la artillería habría abierto fuego otra vez.

Ya.

Bell se quedó con las manos cruzadas sobre el hule. Miró a su tío. El viejo dijo: No estoy seguro de qué me estás pidiendo.

Yo tampoco.

Dejaste allí a tus compañeros.

Sí.

No tenías otra alternativa.

Sí la tenía. Podría haberme quedado.

De nada les habría servido a ellos.

Es probable. Pensé en trasladar la ametralladora una treintena de metros y esperar hasta que ellos lanzaran sus granadas o lo que fuera. Dejar que se acercaran. Podría haber matado a algunos más. Aun de noche. No lo sé. Me quedé allí sentado y vi cómo anochecía. Una bonita puesta de sol. Para entonces había despejado. Ya no llovía. Aquel campo estaba sembrado de avena y solo tenía los tallos. Era otoño. Vi cómo oscurecía y me extrañó no haber oído nada en mucho rato de mis compañeros. Tal vez estaban todos muertos. Pero yo no lo sabía. Y tan pronto cayó la noche me puse de pie y huí de allí. Ni siquiera iba armado. No iba a cargar con aquel calibre 30, eso seguro. La cabeza me dolía menos e incluso empezaba a oír un poco. Había dejado de llover pero yo estaba empapado y los dientes me castañeteaban de frío. Distinguí la Osa Mayor y puse rumbo al oeste en la medida de lo posible y seguí adelante. Pasé cerca de un par de casas pero no había nadie por allí. Aquella región era zona militar. La gente se había marchado. Al amanecer me tumbé en un trecho arbolado. Lo poco arbolado que había. Toda la región parecía arrasada. Solo quedaban los troncos. La noche siguiente llegué a una posición norteamericana y eso fue todo. Pensé que con el paso de los años no me afectaría. No sé por qué pensé eso. Y luego pensé que quizá podría compensarlo de alguna manera y supongo que eso es lo que he intentado hacer.

Se quedaron sentados. Al cabo de un rato el viejo dijo: Bueno, con toda franqueza yo no veo que sea tan grave. Quizá deberías hacer las paces contigo mismo.

Quizá. Pero en combate la obligación de velar por tus hombres es sagrada y no sé por qué yo no lo hice. Mi intención era hacerlo. Cuando te requieren para eso tienes que meterte en la cabeza que aceptarás las consecuencias. Pero tú no sabes cuáles serán esas consecuencias. Acabas haciéndote responsable de muchas cosas que no pensabas. Si se suponía que yo debía morir allí haciendo aquello que había prometido hacer entonces es eso lo que debería haber hecho. Se mire como se mire, así es como es. Debí hacerlo y no lo hice. Y muchas veces he pensado ojalá pudiera volver allí. Pero no puedo. No sabía que uno podía robar su propia vida. Y no sabía que el beneficio podía ser tan escaso como el que pueda darte casi cualquier otra cosa robada. Creo que hice con mi vida lo mejor que supe pero aun así no era mía. No lo ha sido nunca.

El viejo guardó silencio largo rato. Estaba ligeramente inclinado al frente, la mirada baja. Finalmente asintió. Creo que sé adónde quieres ir a parar, dijo.

Sí.

¿Qué crees que habría hecho él?

Sé lo que habría hecho.

Sí. Creo que yo también.

Quedarse allí hasta que el infierno se helara y seguir con los pies en el hielo el tiempo que hiciera falta.

¿Crees que eso le hace mejor hombre que tú?

Sí. Lo creo.

Yo podría contarte cosas de él que te harían cambiar de opinión. Le conocí bastante bien.

Mira, dudo que me hicieras cambiar de opinión. Con todos mis respetos. Aparte de eso dudo que me contaras nada.

Y no lo hago. Pero podría decirte que él vivió en otra época. Si Jack hubiera nacido cincuenta años después posiblemente habría tenido otra visión de las cosas.

Puede. Pero ni tú ni yo lo creeríamos.

Sí, supongo que es verdad. Miró a Bell. ¿Para qué me lo has contado?

Creo que necesitaba quitarme un peso de encima.

Has esperado mucho para hacerlo.

Sí, señor. Quizá necesitaba oírlo de mi propia voz. Yo no soy el hombre de otra época que dicen que soy. Ojalá lo fuera. Soy hombre de esta época.

O quizá solo era un ensayo.

Quizá.

¿Piensas decírselo a ella?

Sí, señor. Creo que sí.

Bueno.

¿Qué crees que dirá?

No sé, pero espero que puedas salir de esta un poco mejor de lo que piensas.

Sí, señor, dijo Bell. Eso espero yo también.

10

Dijo que yo era severo conmigo mismo. Que eso era un síntoma de vejez. Tratar de dejar las cosas claras. Supongo que en parte es verdad. Pero no es toda la verdad. Yo le reconocí que muy pocas cosas buenas se podían decir de la vejez y él dijo que sabía una y yo le pregunté cuál era. Y él dijo que no dura mucho. Esperé verle sonreír pero no lo hizo. Vaya, le dije, un comentario muy frío. Y él dijo que no era más frío que lo que los hechos requerían. Y ahí terminó la cosa. Yo sabía lo que él diría, bendito sea. Cuando quieres a las personas tratas de aliviarles la carga. Aunque sea de cosecha propia. Lo otro que tenía yo en la cabeza no llegué ni a mencionarlo pero creo que está relacionado porque creo que todo lo que haces en la vida revierte en ti antes o después. Si vives lo suficiente. Y no se me ocurre el menor motivo para que aquel inútil matara a la chica. ¿Qué le había hecho ella? Lo cierto es que para empezar yo no debería haber ido allí. Ahora tienen a ese mexicano en Huntsville por matar al policía que le disparó y por prenderle fuego al coche con él dentro y yo no creo que lo hiciera. Pero la pena de muerte le ha caído por eso. ¿Cuál es mi obligación? Creo que en cierto modo esperaba que todo este asunto se alejara de mí de un modo u otro y por supuesto no es así. Y creo que lo supe cuando empezó. Me dio esa sensación. Como si yo hubiera querido drogarme con algo a sabiendas de que quitarme de eso iba a ser largo y duro.

Cuando me preguntó que por qué surgía eso después de tantos años yo le dije que siempre había estado ahí. Que simplemente lo había ignorado. Pero lleva razón, la cosa surgió. Creo que a veces la gen-

te prefiere una mala respuesta que no obtener respuesta. Cuando lo conté, bueno, tomó una forma que yo no habría imaginado que tuviera y en eso también le doy la razón. Es como lo que me contaba una vez un jugador de béisbol, me dijo que si tenía alguna lesión y le fastidiaba un poco, generalmente jugaba mejor. De ese modo estaba concentrado en una sola cosa en lugar de en muchas. Eso lo puedo entender. Claro que no cambia nada.

Yo pensaba que si vivía con la máxima rectitud nunca más volvería a tener algo que me royera por dentro de esa manera. Decía que tenía veintiún años y que estaba en mi derecho de cometer un error, sobre todo si podía aprender de él y convertirme en la clase de hombre que quería ser. Pues no, me equivocaba de medio a medio. Ahora quiero jubilarme y en buena parte es porque así nadie me pedirá que persiga a ese hombre. Digo yo que es un hombre. O sea que podríais decirme que no he cambiado nada y me temo que yo no tendría argumentos con que rebatirlo. Treinta y seis años. Es algo que duele saber.

Otra cosa que dijo. Si un hombre ha esperado ochenta y tantos años a que Dios entre en su vida, bueno, uno piensa que al final va a entrar. Y si no lo hace, cabe suponer que sus motivos tendrá. No sé qué mejor descripción de Dios se podría dar. Al cabo lo que cuenta es que aquellos a quienes ha hablado son los que más necesidad tenían de ello. No es cosa fácil de aceptar. Sobre todo porque podría aplicarse a alguien como Loretta. Claro que quizá estamos todos mirando por el lado equivocado del cristal. Quizá siempre ha sido así.

Las cartas de tía Carolyn a Harold. El motivo de que ella tuviera esas cartas era que él las había guardado. Fue tía Carolyn quien le crió y le hizo de madre. Las cartas estaban manoseadas y rasgadas y cubiertas de barro y qué sé yo. Lo que pasa con las cartas. Para empezar te dabas cuenta de que eran gente de campo. No creo que él saliera jamás del condado de Irion, mucho menos del estado de Texas. Pero lo que pasa con las cartas es que veías que el mundo que ella le tenía pensado para su vuelta no iba a estar ahí. Ahora es fácil de ver. Pasados más de sesenta años. Pero ellos no tenían la menor idea. Puede que os guste o puede que no pero eso no cambia nada. Más de una vez les he dicho a mis ayudantes que uno arregla lo que puede arreglar y el resto lo deja correr. Si no tiene solución entonces ni siquiera es un problema. Solo es un agravante. Y lo cierto es que yo tengo tan poca idea como tenía Harold del mundo que se está cociendo por ahí.

Al final claro está resulta que no volvió. No había nada en las cartas que indicara que ella contaba con esa posibilidad.

Pero claro que contaba. Simplemente no quería decírselo a él.

Todavía conservo esa medalla, claro. Venía en un lujoso estuche morado con cinta y todo. Estuvo en mi escritorio durante años y luego un día la saqué y la puse en el cajón de la mesa de la sala de estar donde no tuviera que mirarla. No es que la mirara nunca, pero estaba allí. A Harold no le dieron ninguna medalla. Él volvió metido en una caja de madera. Creo que no había Gold Star Mothers en la guerra del 14 pero si las hubo a tía Carolyn no le habrían dado una estrella puesto que Harold no era su hijo natural. Pero se lo merecía. Tampoco cobró la pensión de guerra.

Bueno. Volví allí una vez. Estuve caminando por la zona y apenas había indicios de que hubiera ocurrido nada. Recogí un par de casquillos. Nada más. Me quedé mucho rato allí de pie y pensé cosas. Era uno de esos días cálidos que a veces se dan en invierno. Un poco de viento. No dejo de pensar que quizá tiene que ver con el país. Más o menos lo que decía Ellis. Pensé en mi familia y pensé en él condenado a su silla de ruedas en esa vieja casa y me pareció que este país tiene una historia bastante extraña y tremendamente sanguinaria además. Lo mires por donde lo mires. Podría ponerle distancia a las cosas y sonreír por el hecho de tener semejantes pensamientos pero eso no quita que los tenga. Yo no justifico mi manera de pensar. Ya no. Le hablo a mi hija. Ahora tendría treinta años. Sí, de acuerdo. Me da igual que suene raro. Me gusta hablarle. Llamadlo superstición o lo que sea. Sé que con los años le he entregado el corazón que siempre quise para mí mismo y me parece bien. Por eso la escucho. Sé que siempre obtengo de ella lo mejor. No se mezcla con mi ignorancia o con mi ruindad. Sé que suena raro pero debo decir que no me importa en absoluto. Ni siquiera se lo he contado a mi esposa y eso que no tenemos apenas secretos el uno para el otro. No creo que ella dijera que estoy loco, pero algunos tal vez sí. ¿Ed Tom? Ah, sí, al final lo detuvieron por demencia. Creo que le pasan la comida por debajo de la puerta. Me da igual. Escucho lo que ella dice y lo que dice tiene sentido. Ojalá me hablara más. Ahora mismo necesito toda la ayuda posible. Bueno, ya basta de eso.

Cuando entró en la casa el teléfono estaba sonando. Sheriff Bell, dijo. Fue hasta el aparador y cogió el teléfono. Sheriff Bell, dijo.

Soy el inspector Cook, de la policía de Odessa.

Diga.

Nos ha llegado un informe en el que aparece su nombre. Tiene que ver con una tal Carla Jean Moss que fue asesinada aquí en el mes de marzo.

Sí, señor. Le agradezco que haya llamado.

Encontraron el arma homicida en la base de datos del FBI y siguieron la pista hasta un muchacho que vive aquí en Midland. El chico dice que cogió el arma de una camioneta implicada en un accidente. La vio y se la quedó. Supongo que es verdad. He hablado con él. El chico la vendió y al poco tiempo apareció en un atraco a una tienda de electrodomésticos en Shreveport, Luisiana. Ahora bien, ese accidente se produjo el mismo día que el asesinato de marras. El propietario del arma la dejó en la camioneta y desapareció y no se ha sabido más de él. Ya se imagina adónde voy a parar. Aquí no tenemos muchos homicidios sin resolver y le aseguro que no nos gustan nada. ¿Puedo preguntarle qué interés tenía en el caso, sheriff?

Bell se lo dijo. Cook escuchó. Luego le dio un número de teléfono. Era la persona que había investigado el accidente. Roger Catron. Deje que le llame yo antes. Eso facilitará las cosas.

No se preocupe, dijo Bell. Le conozco desde hace años.

Llamó al número y contestó Catron.

Cómo te va, Ed Tom.

No estoy para dar saltos de alegría.

Qué puedo hacer por ti.

Bell le habló del accidente. Sí, dijo Catron. Claro que me acuerdo. Murieron dos chicos en ese accidente. Todavía no hemos localizado al conductor del otro vehículo.

¿Qué fue lo que pasó?

Los chicos habían estado fumando hierba. Se pasaron un stop y chocaron de costado con una pickup Dodge nuevecita. Siniestro total. El tipo de la pickup salió del vehículo y se fue por la calle como si tal cosa. Antes de que llegáramos nosotros. La camioneta la habían comprado en México. Ilegal. No había pasado ningún tipo de inspección. Sin documentación ni nada.

¿Y el otro vehículo?

Iban tres chicos dentro. Diecinueve, veinte años. Todos mexicanos. El único que sobrevivió fue el que iba detrás. Por lo visto se estaban pasando un canuto y llegaron al cruce como a cien por hora y se incrustaron en la pickup. El que iba en el lado del copiloto salió despedido por el parabrisas y aterrizó en el porche de una casa. La mujer estaba metiendo unas cartas en el buzón y se libró por los pelos. Se lanzó a la calle en bata y rulos y se puso a chillar. Creo que todavía no está bien.

¿Qué hicisteis con el chico que cogió el arma?

Lo dejamos en libertad.

Si voy, ¿crees que podría hablar con él?

Supongo que sí. Ahora mismo lo tengo en la pantalla de mi ordenador.

¿Cómo se llama?

David DeMarco.

¿Es mexicano?

No. Los que iban en el coche sí. Él no.

¿Crees que hablará conmigo?

Solo hay un modo de saberlo.

Estaré ahí por la mañana.

Me encantará verte de nuevo.

Catron había llamado al chico y le había hablado y cuando el chico entró en el bar no parecía especialmente preocupado por nada. Se sentó en uno de los bancos y subió un pie y se sorbió los dientes y miró a Bell.

¿Quieres tomar café?

Vale, sí, café.

Bell levantó un dedo y la camarera se acercó a tomar nota. Bell miró al chico.

Quería hablarte del hombre que se marchó después del accidente. Me pregunto si recuerdas alguna cosa más de él.

El chico negó con la cabeza. No, dijo. Miró en derredor.

¿Estaba malherido?

No sé. Parecía que tenía el brazo roto.

Qué más.

Tenía un corte en la cabeza. No sé si estaba malherido. Andar sí podía.

Bell le observó. ¿Qué edad le echarías?

Caray, sheriff. No sé. Estaba todo ensangrentado.

En el atestado dijiste que tenía treinta largos.

Sí. Una cosa así.

¿Con quién estabas?

¿Qué?

Con quién estabas.

No estaba con nadie.

El vecino que avisó a la policía dijo que erais dos.

Pues se lo inventó.

¿Ah, sí? He hablado con él esta mañana y no me pareció que fuera de los que se inventan nada.

La camarera les llevó el café. DeMarco echó como un cuarto de taza de azúcar en el suyo y empezó a removerlo.

Ya sabes que ese hombre acababa de matar a una mujer a dos calles de allí cuando ocurrió el accidente.

Ya. Pero entonces no lo sabía.

¿Sabes a cuántas personas ha matado?

Yo no sé nada de él.

¿Qué estatura dirías que tenía?

Mediana. No era muy alto.

Llevaba botas.

Sí, creo que llevaba botas.

Qué clase de botas.

Puede que fueran de avestruz.

Botas caras.

Sí.

¿Sangraba mucho?

No sé. Sangraba. Tenía un corte en la cabeza.

¿Qué dijo?

No dijo nada.

¿Qué le dijiste tú?

Nada. Le pregunté si estaba bien.

¿Crees que puede haber muerto?

No tengo ni idea.

Bell se retrepó. Dio un giro de ciento ochenta grados al salero. Luego lo volvió a girar.

Dime con quién estabas.

No estaba con nadie.

Bell le miró. El chico se sorbió los dientes. Cogió el tazón de café y tomó un sorbo y lo dejó de nuevo en la mesa.

No quieres ayudarme, ¿verdad?

Le he dicho todo lo que sé. Ya ha visto el informe. No sé qué más decirle.

Bell se lo quedó mirando. Luego se puso en pie y agarró el sombrero y se marchó.

A la mañana siguiente fue al instituto y consiguió que el profesor de DeMarco le diera algunos nombres. El primero con quien habló quiso saber cómo había dado con él. Era un chaval corpulento y permaneció sentado con las manos juntas y mirándose las zapatillas de tenis. Eran de una talla enorme y llevaban grabado en la puntera Izquierda y Derecha en tinta morada.

Hay algo que no me queréis decir.

El chico negó con la cabeza.

¿Os amenazó?

No.

¿Qué aspecto tenía? ¿Era mexicano?

No creo. Era bastante oscuro de piel, nada más.

¿Te asustaste?

No hasta que llegó usted. Caray, sheriff. Ya sabía yo que no teníamos que haber cogido aquello. Fue una estupidez. No pienso quedarme aquí sentado y decir que fue idea de David aunque lo fuera. Ya soy mayor para decir que no.

Lo eres.

Fue todo muy raro. Aquellos chicos estaban muertos. ¿Me he metido en un lío?

Qué más te dijo ese hombre.

El chico desvió la vista. Parecía a punto de echarse a llorar. Si tuviera que pasar por eso otra vez seguro que no haría lo mismo. Eso lo sé.

Qué te dijo.

Que nosotros no sabíamos qué cara tenía. Le dio cien dólares a David.

Cien dólares.

Sí. David le había dado su camisa. Para hacerse un cabestrillo en el brazo.

Bell asintió. Muy bien. Qué aspecto tenía.

De mediana estatura. Complexión media. Parecía en buena forma. Treinta y pico. Pelo oscuro. Castaño oscuro, creo. No lo sé, sheriff. Parecía cualquiera.

¿Cualquiera?

El chico se miró los zapatos. Levantó la vista. No es que pareciera cualquiera. Quiero decir que no tenía nada de especial. Pero no era alguien con quien te gustaría tener tratos. Cuando decía algo tú escuchabas y punto. Le asomaba el hueso del brazo y el tipo ni se enteraba.

Bien.

¿Estoy en un lío?

No.

Gracias.

Uno no sabe lo que puede pasar, ¿verdad?

No, señor. Creo que he aprendido la lección. Si eso le sirve de algo.

Me sirve. ¿Crees que David habrá aprendido la lección?

El chico meneó la cabeza. No lo sé, dijo. No puedo hablar por David.

11

Hice que Molly localizara a sus parientes y finalmente dimos con su padre en San Saba. Me puse en camino un viernes por la noche y recuerdo que al partir pensé que estaba a punto de hacer otra tontería pero fui igual. Había hablado con él por teléfono. No me pareció que tuviera ganas de verme ni que no las tuviera pero me dijo que podía ir y yo fui. Tomé una habitación en un motel cuando llegué allí y al día siguiente me presenté en su casa.

Su mujer había muerto hacía años. Nos sentamos en el porche y bebimos té con hielo y creo que aún estaríamos allí sentados si yo no hubiera abierto la boca. Era un poco mayor que yo. Unos diez años. Le dije lo que había ido a decirle. Lo de su hijo. Le conté los hechos. Él se quedó allí sentado, asintiendo. Estaba en una mecedora y se meció un poco con el vaso de té en el regazo. Yo no sabía qué más decir de modo que me callé y nos quedamos sentados un rato más. Y entonces dijo, sin mirarme, con la vista fija en el patio, dijo: Era el mejor tirador con rifle que he conocido. Sin excepción. Yo no supe qué decir. Dije: Sí, señor.

En Vietnam fue francotirador, sabe usted.

Le dije que no lo sabía.

No estaba metido en cosas de drogas.

No. Ya lo sé.

Asintió con la cabeza. No lo educamos así, dijo.

No, señor.

¿Estuvo usted en la guerra?

Sí. En Europa.

Asintió. Cuando vino a casa Llewelyn fue a visitar a varias familias de compañeros suyos que no habían vuelto. Luego lo dejó. No sabía qué decirles. Dijo que los veía allí sentados mirándolo y deseando que estuviera muerto. Que se lo notaba en la cara. Era él y no sus hijos, entiende.

Sí, señor. Puedo entenderlo.

Yo también. Pero aparte de eso todos ellos habían hecho cosas allí que hubieran preferido olvidar enseguida. En nuestra guerra no pasaban esas cosas. O muy poco. Les cantó las cuarenta a un par de hippies de esos. Que le escupían. Le llamaban asesino de niños. Muchos de los chicos que volvieron todavía tienen problemas. Yo creo que era porque el país no les respaldaba. Pero creo que hubiera podido ser mucho peor. El país que tenían entonces estaba destrozado. Lo está todavía. No era culpa de los hippies. Tampoco era culpa de los muchachos que fueron enviados allí. Con dieciocho o diecinueve años.

Volvió la cabeza y me miró. Y entonces me pareció un poco más viejo. Sus ojos parecían viejos. La gente le dirá que fue Vietnam lo que hizo humillarse a este país, dijo. Pero yo nunca lo he creído. Ya estaba bastante mal entonces. Vietnam fue solo la guinda. No teníamos nada que ofrecer a nuestros muchachos. Si los hubiéramos enviado sin rifles dudo que la cosa hubiera sido peor. No se puede ir así a la guerra. No se puede ir a la guerra sin Dios. No sé lo que va a pasar cuando llegue la próxima guerra. La verdad es que no.

Y eso fue prácticamente todo. Le di las gracias. El día siguiente iba a ser mi último en el cargo y tenía muchas cosas en que pensar. Volví a la I-10 por carreteras comarcales. Fui hasta Cherokee y tomé la 501. Traté de ver las cosas con perspectiva pero a veces estás demasiado cerca. Es toda una vida de trabajo para verte como lo que realmente eres e incluso entonces puede que te equivoques. Y eso es algo en lo que no quisiera equivocarme. He meditado sobre lo que me impulsó a ser agente de la ley. Siempre hubo una parte de mí que quería tener el mando. Con insistencia. Quería que la gente escuchara lo que yo tenía que decir. Pero también había otra parte que solo quería que nadie se descarriara. Si algo he intentado cultivar es eso. Pienso que estamos mal preparados para lo que va a venir y no im-

porta en qué forma venga. Y venga lo que venga mi opinión es que tendrá poca fuerza para sostenernos. Esa gente mayor con la que hablo, si les hubieras dicho que en las calles de nuestras ciudades habría gente con el pelo verde y huesos en la nariz hablando un lenguaje que apenas podrías entender, bueno, simplemente no te habrían hecho caso. Pero ¿y si les hubieras dicho que serían sus propios nietos? Bien, todo eso son meros signos de los tiempos pero no aclaran cómo se produjo el cambio. Y tampoco ayudan a saber qué va a pasar después. En parte yo siempre pensé que podía enderezar las cosas de alguna manera y supongo que ya no siento lo mismo. En realidad no sé lo que siento. Me siento como esos viejos de los que hablaba antes. Lo cual tampoco va a mejorar. Se me pide que simbolice algo en lo que no creo como creía en otro tiempo. Que crea en algo que quizá ya no aprobaría como hacía antes. Ese es el problema. Fallé ya desde el primer momento. Ahora lo he visto todo a plena luz. He visto caer a muchos creyentes. Me he visto obligado a mirarlo otra vez y me he visto obligado a mirarme a mí mismo. Para bien o para mal eso no lo sé. Ni siquiera sé si os aconsejaría compartir mi suerte, y yo nunca había tenido esa clase de dudas. Si soy más sabio en lo que al mundo respecta ha sido pagando un precio. Un precio elevado. Cuando le dije a ella que dejaba el cargo al principio pensó que no lo decía literalmente pero yo le aseguré que así era. Le dije que esperaba que la gente de aquí tendría el suficiente sentido común para no votarme más. Le dije que no me sentía bien aceptando el dinero del contribuyente. Ella me dijo no estás hablando en serio y yo le dije que sí, que muy en serio. Tenemos unas deudas de seis mil dólares por este trabajo y no sé cómo voy a solucionar eso tampoco. Nos quedamos allí sentados un rato. Yo no pensaba que la afectaría tanto. Al final dije: Loretta, no puedo continuar. Ella sonrió y me dijo: ¿Quieres dejarlo antes de que te pille el toro? Y yo le dije no, quiero dejarlo sin más. El toro hace tiempo que me pilló.

Una cosa más y luego me callo. Yo hubiera preferido que no se supiera pero salió en los periódicos. Fui a Ozona y hablé con el fiscal del distrito de allí y me dijeron que si quería podía hablar con el abogado del mexicano y quizá testificar en el juicio pero que eso era todo lo que pensaban hacer. O sea que no pensaban hacer nada. De modo que hablé con el abogado y naturalmente no sirvió de nada y al tipo le cayó pena de muerte. Por eso fui a verle a Huntsville y esto es lo que pasó. Entré allí y me senté y él claro está sabía quién era porque me había visto en el juicio y tal y me dijo: ¿Qué me ha traído? Yo dije que nada y él dijo que pensaba que le llevaría alguna cosa. Caramelos o algo. Que creía que estaba un poco enamorado de él. Miré al guardián y el guardián apartó la vista. Miré al reo. Mexicano, unos treinta y cinco o cuarenta años. Hablaba bien el inglés. Le dije que no había ido para que me insultaran pero que quería que supiese que había hecho todo cuanto estaba en mi mano por ayudarle y que lo sentía porque no creía que fuera culpable y él soltó una risotada y dijo: ¿De dónde sacan a los tipos como tú? ¿Cómo se puede ser tan cándido? A ese hijoputa le disparé entre los ojos y lo arrastré hasta su coche tirándole del cabello y luego prendí fuego al coche y lo dejé que se achicharrara dentro.

Bueno. Esta gente te cala de una manera... Si le hubiera dado un puñetazo en la boca, aquel guardia no habría dicho una sola palabra. Y el tipo lo sabía. Eso lo sabía.

Vi salir de allí al procurador del condado y como le conocía un poquito nos paramos a charlar un rato. No le dije lo que había pasado pero él sabía de mis intentos por ayudar a aquel hombre y supongo que había atado cabos. No lo sé. No me preguntó nada sobre él. No me preguntó qué estaba haciendo allí ni nada. Hay dos clases de personas que no hacen muchas preguntas. Unos son demasiado tontos y los otros no necesitan hacerlas. Os dejo que adivinéis en qué categoría le puse a él. Estaba allí en el pasillo con su maletín en la mano. Como si tuviera todo el tiempo del mundo. Me explicó que al salir de la facultad de derecho había trabajado un tiempo como abogado defensor. Dijo que la vida se le había complicado mucho. No quería pasarse el resto de su vida oyendo mentiras a todas horas. Yo le expliqué que una vez un abogado me dijo que en la facultad procuran enseñarte a no preocuparte del bien y del mal sino solo a observar la ley y le dije que eso no lo veía muy claro. Él lo pensó un poco y luego dijo que estaba bastante de acuerdo con ese abogado. Dijo que si no observas la ley eso del bien y el mal no te va a salvar. Bien, supongo que entiendo el sentido. Pero eso no cambia mi manera de pensar. Al final le pregunté si sabía quién era Mammón. Y él dijo: ¿Mammón?

Sí.

¿Se refiere al Mammón de la Biblia?

Sí, señor.

Bueno, no puedo decir que sí. Sé que sale en el Nuevo Testamento pero nada más. ¿Es el diablo?

Eso no lo sé. Tendré que mirarlo. Tengo la impresión de que yo debería saber quién es.

Sonrió y dijo: Lo dice como si el aludido estuviera a punto de instalarse en el cuarto de invitados.

Bueno, dije, eso ya sería motivo de preocupación. En cualquier caso creo que necesito familiarizarme con sus costumbres.

Asintió con la cabeza. Sonrió a medias. Luego me hizo una pregunta. Dijo: Ese hombre misterioso que según usted mató al policía y lo quemó en su coche, ¿qué sabe de él?

No sé nada. Ojalá supiera. O creo que me gustaría saber.

Ya.

Es casi un fantasma.

¿Casi o fantasma?

Está ahí en alguna parte. Ojalá no estuviera. Pero está.

Entiendo. Imagino que si fuera un fantasma no tendría que preocuparse por él.

Le dije que así era, pero lo he pensado después y creo que la respuesta a su pregunta es que cuando te topas con determinadas cosas, con la prueba de que existen, te das cuenta de que has dado con algo para lo cual podrías muy bien no estar preparado y creo que esta es una de esas cosas. Cuando has dicho que es real, y no solo producto de tu imaginación, no estoy nada seguro de qué es lo que has dicho.

Loretta sí dijo una cosa. Dijo algo en el sentido de que no era culpa mía y yo contesté que sí lo era. Y también había pensado en eso. Le dije que si tienes un perro fiero en tu jardín nadie se atreve a acercarse. Y sí se acercaron.

Cuando llegó a casa ella no estaba pero sí su coche. Fue al establo y el caballo de Loretta no estaba allí. Empezó a volver hacia la casa pero se detuvo y pensó que tal vez le había pasado algo y fue al cuarto de las guarniciones y bajó su silla de montar y la llevó a la cuadra y silbó a su caballo y lo vio asomar la cabeza por encima de la puerta de su caseta al final del establo, agitando las orejas.

Se puso en marcha con las riendas en una mano, acariciando al caballo. Le habló al caballo por el camino. Qué agradable estar fuera, ¿verdad? ¿Tú sabes adónde han ido? Bueno. No te preocupes. Las encontraremos.

Cuarenta minutos después la vio y se detuvo y se quedó montado observando. Cabalgaba en dirección al sur frente a una loma de tierra roja sentada con las manos juntas sobre el borrén de la silla, mirando hacia la puesta de sol, el caballo andando pesadamente por la arenosa tierra suelta, la mancha roja que levantaban siguiéndolas en el aire quieto. Esa de allá es mi amor, le dijo al caballo. Siempre lo fue.

Cabalgaron juntos hasta Warner's Well y desmontaron y se sentaron bajo los álamos mientras los caballos pacían. Palomas posándose en los depósitos. Se acaba el año. Ya no volveremos a verlas.

Ella sonrió. Se acaba el año, dijo.

Lo odias.

¿Vivir aquí?

Vivir aquí.

No pasa nada.

Por mi causa, ¿no es así?

Ella sonrió. Bueno, dijo, pasada cierta edad creo que ningún cambio es bueno.

Entonces me parece que tenemos un problema.

Todo irá bien. Creo que me gustará tenerte en casa para la cena.

A mí me gusta estar en casa a cualquier hora.

Recuerdo lo que dijo mamá cuando papá se jubiló: Yo dije para lo bueno y para lo malo pero del almuerzo no se habló para nada.

Bell sonrió. Apuesto a que le gustaría que él pudiera volver.

Seguro que sí. A mí también, ya que estamos.

No debería haber dicho eso.

No has dicho nada malo.

Siempre dices eso.

Es mi trabajo.

Bell sonrió. Si yo estuviera equivocado, ¿no me lo harías ver?

No.

¿Y si quisiera que lo hicieras?

Peor para ti.

Bell observó las pequeñas palomas moteadas del desierto abatirse en la apagada luz rosa. ¿Es verdad eso?, dijo.

Lo es. No del todo.

¿Te parece una buena idea?

Bien, dijo ella. Fuera lo que fuese supongo que tú lo resolverías sin que yo te ayudara. Y si fuera algo en lo que no estuviéramos de acuerdo me imagino que lo superaría.

En cambio yo quizá no.

Ella sonrió y puso sus manos sobre las de él. Guárdatelo. Es bonito estar aquí.

Sí, señora. Ya lo creo.

12

Despertaré a Loretta en cuanto me despierte yo. Nos quedaremos allí tumbados y ella dirá mi nombre. Como preguntándome si estoy. A veces iré a la cocina y le llevaré un ginger ale y nos quedaremos sentados a oscuras. Ojalá tuviera su serenidad. El mundo que he visto no me ha hecho ser una persona espiritual. No como Loretta. Pero está preocupada por mí. Lo noto. Supongo que pensé que como yo era el hombre y más viejo que ella sería ella la que aprendería de mí. Pero yo sé quién le debe más a quién.

Me parece saber hacia dónde vamos. Nos están comprando con nuestro propio dinero. Y no son solo las drogas. Hay por ahí fortunas acumuladas de las que nadie tiene ni idea. ¿Qué pensamos que va a salir de ese dinero? Un dinero que puede comprar naciones enteras. Ya lo ha hecho. ¿Puede comprar este país? Lo dudo. Pero hará que tengas tratos con quien no deberías. No es ni siquiera un problema policial. Dudo que lo haya sido nunca. Narcóticos siempre han existido. Pero la gente no decide drogarse así porque sí. A millones. No tengo respuesta para eso. En concreto no tengo una respuesta que me dé ánimos. Hace un tiempo se lo dije a una periodista, una chica joven, parecía simpática. Ella solo intentaba hacer su trabajo. Dijo: Sheriff, ¿cómo permite que el crimen campe por sus respetos en este condado? Sonaba como una pregunta bastante sensata. Y quizá lo era. El caso es que le dije: Todo se origina cuando se empiezan a descuidar las buenas maneras. En cuanto dejas de oír Señor y Señora el fin está a la vuelta de la esquina. Le dije: Y ocurre en todos los estratos. Habrá oído hablar de eso, ¿no? ¿En todos los estratos? Y al final acabamos prescindiendo de toda ética mercantil y dejando a gente tirada en el desierto, muerta dentro de sus vehículos, pero para entonces es demasiado tarde.

Me miró con una cara bastante rara. Lo último que le dije, y quizá no debería haberlo dicho, fue que no puede haber negocio de la droga sin drogadictos. Muchos de ellos van bien vestidos y tienen además empleos bien pagados. Le dije: Hasta puede que conozca usted a unos cuantos.

La otra cosa son los viejos, y vuelvo otra vez a ellos. Me miran y es siempre con una pregunta en la mirada. Años atrás no recuerdo que eso pasara. No cuando yo era sheriff allá por los años cincuenta. Los ves y ni siquiera parecen confusos. Solo parecen locos. Eso me molesta. Es como si se despertaran y no supieran cómo han llegado allí. Y en cierto modo así es.

Esta noche durante la cena me ha dicho que estaba leyendo a San Juan. El Apocalipsis. Como cada vez que me pongo a hablar de la situación ella encuentra algo en la Biblia, le he preguntado qué decía el Apocalipsis sobre el cariz que estaban tomando las cosas y ella me ha dicho que lo miraría. Le he preguntado si había algún pasaje que hablara de cabellos verdes y huesos en la nariz y ella me ha dicho que con esas mismas palabras no. No sé si es una buena señal. Luego se me ha acercado por detrás y me ha rodeado con sus brazos y me ha mordido la oreja. En muchos sentidos es una mujer joven. Si no la tuviera a ella no sé qué tendría. Bueno, sí lo sé. Y no haría falta ni siquiera una caja para meterlo.

El día era frío y ventoso cuando salió por última vez del juzgado. Algunos hombres podían abrazar a una mujer llorosa pero eso a él nunca le había parecido natural. Bajó los escalones y salió por la puerta de atrás y montó en su camioneta y se quedó allí sentado. No podía definir la sensación. Era de tristeza pero también de algo más. Y ese algo más fue lo que le tuvo allí sentado en lugar de arrancar. Se había sentido así antes pero no desde hacía mucho tiempo, y cuando lo dijo supo de qué se trataba. Era la derrota. Era ser vencido. Algo más amargo para él que la muerte. Tienes que superarlo, dijo. Luego arrancó.

13

Saliendo por la puerta de atrás de esa casa había un abrevadero de piedra entre la maleza de un lado de la casa. Una cañería se había desprendido del tejado y el abrevadero siempre estaba lleno y recuerdo que me detuve allí una vez y me acuclillé a mirar y me puse a pensar en ello. No sé cuánto tiempo llevaba allí. Tal vez cien años. Doscientos. Se veían las marcas de la uñeta en la piedra. Estaba labrado en roca maciza y medía como un metro ochenta de largo por casi medio de ancho y otro tanto de hondo. Esculpido directamente en la roca. Y me puse a pensar en el hombre que lo había hecho. Esa región no había tenido un período duradero de paz, que yo supiera. He leído un poco de su historia y no estoy seguro de que lo haya tenido nunca. Pero este hombre se había sentado con un martillo y una uñeta y había labrado un abrevadero de piedra para que durara diez mil años. ¿Por qué? ¿En qué tenía fe ese hombre? No en que nada pudiera cambiar. Que es lo que se podría pensar, imagino. Él tenía que saberlo. He pensado mucho en ello. Lo pensé después de irme de aquella casa hecha pedazos. Me atrevería a decir que el abrevadero sigue allí. Haría falta algo para moverlo, eso os lo puedo asegurar. De modo que pienso en él allí sentado con su martillo y su uñeta, quizá una o dos horas después de cenar, no sé. Y debo decir que lo único que se me ocurre pensar es que su corazón albergaba una especie de promesa. Y no es que tenga ninguna intención de labrar un abrevadero. Pero sí me gustaría ser capaz de formular esa clase de promesa. Creo que eso es lo que más me gustaría.

La otra cosa es que no he dicho casi nada de mi padre y sé que no le he hecho justicia. Soy casi veinte años más viejo de lo que él llegó a ser, así que en cierto modo estoy pensando en un hombre joven. Empezó a tratar con caballos cuando era poco más que un muchacho. Me dijo que la primera o segunda vez salió trasquilado pero que aprendió la lección. Me contó que una vez un tratante de caballos le puso el brazo encima y le miró y le dijo: Hijo, voy a tratar contigo como si ni siquiera tuvieras un caballo. Y es porque algunas personas te dicen realmente lo que se proponen hacer y cuando lo hacen más te vale escuchar. Eso se me quedó grabado. Sabía de caballos y era bueno con ellos. Le vi domar algunos y sabía lo que se hacía. Montaba muy bien. Hablaba mucho a los caballos. Nunca me decepcionó y yo le debo más de lo que me creía. A ojos del mundo supongo que yo era mejor persona que él. Aunque suene mal decirlo. Aunque esté mal decirlo. Y no digamos ya su padre. Él nunca habría podido ser agente de la ley. Creo que estudió un par de años en la universidad pero nunca terminó. He pensado en él mucho menos de lo que debería y sé que eso tampoco está bien. Después de su muerte soñé dos veces con él. No recuerdo del todo el primer sueño pero era que le encontraba en la ciudad y él me daba dinero y yo creía que lo perdía. Pero el segundo sueño era como si hubiéramos vuelto a los viejos tiempos y yo iba a caballo por las montañas en plena noche. Cruzando un desfiladero. Hacía frío y había nieve en el suelo y él me adelantaba a caballo y siguió adelante. Sin decir palabra. Simplemente pasaba de largo y llevaba una manta sobre los hombros y la cabeza gacha y al adelantarme yo veía que llevaba fuego en un cuerno tal como solía hacer entonces la gente y yo podía ver el cuerno por la luz que había dentro. De un color como de luna. Y en el sueño yo sabía que él tomaba la delantera para preparar una gran fogata en alguna parte en medio de aquella oscuridad y aquel frío y yo sabía que cuando llegara él estaría allí esperando. Y entonces me desperté.

Impreso en Litografía Rosés, S.A.
Energía, 11-27 (Polígono La Post)
08850 Gavà (Barcelona)